D1669202

Dschabra Ibrahim Dschabra

Das vierzigste Zimmer

Roman

Aus dem Arabischen
von Heiko Wimmen

Mit einem Nachwort
von Hartmut Fähndrich

Lenos Verlag

Arabische Literatur im Lenos Verlag
Herausgegeben von Hartmut Fähndrich

Der Übersetzer
Heiko Wimmen, geboren 1966 in Krefeld am Rhein. Studium der Islamwissenschaft und der Politologie an der Freien Universität Berlin, der Universität Alexandria und der Theaterakademie Damaskus. 1994–96 wissenschaftlicher Assistent am Orient-Institut der Deutschen Morgenländischen Gesellschaft in Beirut, 1996/97 Redaktionshospitant bei „Der Überblick", Hamburg. Seit 1997 freier Journalist für Rundfunk und verschiedene Tageszeitungen sowie freier Übersetzer für Arabische Literatur. Lebt in Berlin und Beirut.

Die Übersetzung aus dem Arabischen wurde unterstützt durch die Gesellschaft zur Förderung der Literatur aus Afrika, Asien und Lateinamerika e.V. in Zusammenarbeit mit der Schweizer Kulturstiftung Pro Helvetia.

Titel der arabischen Originalausgabe:
al-Ghuraf al-ukhra

Satz und Gestaltung: Lenos Verlag, Basel
Umschlag: Anne Hoffmann Graphic Design, Basel
Illustration: Paul Klee, Terrassierter Garten. 1920
© Öffentliche Kunstsammlung Basel, Kunstmuseum
Vermächtnis Dr. h.c. Richard Doetsch-Benziger 1960
Foto: Martin Bühler
Printed in Germany
ISBN 3 85787 277 2

Eine alte Geschichte erzählt von der Liebe eines Prinzen zu einer Frau aus dem Volk. Seine Liebe zu ihr war so gross, dass er sie heiratete und ihr ein altes Schloss schenkte, das er einstmals von seinem Vater geerbt hatte und auf das er sehr stolz war. Als er sie dorthin brachte, sagte er zu ihr, im Schloss gebe es vierzig Räume. Neununddreissig davon stünden zu ihrer Verfügung, und sie alle seien angefüllt mit samtenen Teppichen, edlem Mobiliar und vielerlei Kostbarkeiten. Das vierzigste Zimmer jedoch sei ihr verboten. Die Gemahlin gab sich vollauf zufrieden. Als sie aber in den weiten Fluchten des Schlosses und den neununddreissig Zimmern zu lustwandeln begann, entbrannte in ihr eine heftige Neugier auf das letzte, das vierzigste Zimmer, und der Wunsch, es zu betreten, liess ihr keine Ruhe.

Eines Tages nun ging der Prinz auf die Jagd, und alle Bediensteten des Schlosses begleiteten ihn. Da nutzte die Gemahlin seine Abwesenheit und ging mit einem Kästchen, angefüllt mit allen Schlüsseln des Palastes, zur Tür des verbotenen Zimmers. Sie versuchte sie alle, einen nach dem anderen, aber das Schloss wollte sich nicht öffnen, und die Tür blieb versperrt. Da zögerte sie nicht länger und holte aus einer der Dienstbotenkammern einen Hammer, der so gross war, dass sie ihn kaum zu tragen vermochte. Den erhob sie mit all ihrer Kraft und zertrümmerte die Tür.

Sie betrat das Zimmer und fand, dass Räume von ihm abgingen, die untereinander verbunden waren und sich wiederum in neue Räume verzweigten. Da hörte sie, wie eine Stimme zu ihr sprach: „Wenn du es bist, Prinzessin, so kehre um, ehe du es bereust! Denn wisse, du wirst nicht wieder hinausgehen, wie du hereingekommen bist.“ Da dachte sie:

„Wie kann er wissen, dass ich eine Prinzessin bin? Das kann nur die Stimme des Teufels sein!“ Und sie befolgte den Rat nicht …

In einer anderen Version der Geschichte heisst es, die Gemahlin des Prinzen habe, als sie seine Abwesenheit ausnutzte, die Tür des verbotenen Zimmers unverschlossen gefunden, noch ehe sie begonnen hatte, die Schlüssel zu erproben. Denn kaum hatte sie die Tür mit der Hand berührt, da schwang diese auf, als werde sie erwartet. Und sie betrat das Zimmer …

Es war einer der grossen Plätze der Stadt. Eukalyptusbäume säumten ihn an einer Seite, an den anderen drängten sich hohe Gebäude dicht an dicht. In diesem Moment war er völlig verlassen. Nirgendwo bewegte sich ein menschliches Wesen. Kein Auto, kein einziges Fahrzeug überquerte ihn. Die Zeit? Später Nachmittag, genauer: nach Sonnenuntergang, kurz vor Einbruch der Dunkelheit; jene angstvollen, trostlosen Augenblicke, die vom Tag genug haben und eine Nacht herbeisehnen, die nur langsam kommt. Das letzte Tageslicht war bleiern, staubig, mit einem Geschmack von Enttäuschung und Tristesse. Der weite Platz lag leer und einsam da, vergessen von Gott und den Menschen. Als sei in der Stadt niemand mehr geblieben, der sich bewegt, der kämpft, der liebt, als habe sie eine Seuche heimgesucht, die niemanden verschont hat.

Ich stand auf dem Trottoir. Neben mir ein Mann, von dem ich so wenig wusste wie von den Umständen, die uns zusammengeführt hatten. Schweigend standen wir beieinander und schauten hinüber zum Waldrand. Ab und zu liessen wir unsere Blicke erwartungsvoll umherwandern. Plötzlich ertönte aus dem Wäldchen eine Salve von Schüssen. Erstaunt sah ich Tausende von Vögeln wie Splitter aus den Baumwipfeln stieben und in die Weite des Himmels emporfliegen. Dann wieder Stille.

Mein Begleiter, dessen schwarzer Mantel bis zu den Knöcheln hinabreichte, murmelte: „Sogar die Vögel …“, ohne dass ich hätte sagen können, ob er zu mir sprach oder zu sich selbst. Aber er sah mich an, als erwartete er eine Reaktion. Doch ich bewegte mich nicht, sagte nichts und folgte mit meinem Blick den Vögeln, die in die verschiedensten Richtungen davonflogen, bis sie verschwunden waren.

Der Mann versuchte weiter, mit mir ins Gespräch zu kommen. Er holte eine Schachtel Zigaretten hervor und bot mir eine an, aber ich lehnte mit einem Kopfschütteln ab. Er schob sich eine Zigarette zwischen die Lippen, zündete sie mit einem Feuerzeug an und blies den Rauch mit einem zischenden Laut aus. Er seufzte.

Von weitem hörte ich das Brummen eines Autos und wandte den Blick nach rechts, von woher ich es vermutete. Dem Geräusch nach musste es sich um einen schweren Lastwagen handeln, und wirklich fuhr ein solcher auf den Platz. Der Laster, der hinten mit einer grünen Plane abgedeckt war, steuerte mit hoher Geschwindigkeit auf den Waldrand am anderen Ende des Platzes zu. Ich hob die Hand, um den Fahrer zu grüssen. Der Mann neben mir tat es mir gleich, winkte aber dabei übertrieben eifrig mit beiden Armen und rief: „Hierher! Hierher!"

Der Fahrer bemerkte uns, bremste und wendete. Er steuerte direkt auf uns zu und hielt dann vor uns an. Ich sah, dass sich auf der nach hinten offenen Ladefläche etwa dreissig oder vierzig Männer und Frauen drängten. Einige schwankten, als der Wagen anhielt, aber es waren so viele, dass sie sich gegenseitig aufrecht hielten, dicht an dicht und seltsam still.

Mein Begleiter löste erst den rechten, dann den linken Riegel. Die Ladeklappe schwang nach unten, er kletterte hinauf und gesellte sich zu den anderen Passagieren, die ihm gleichgültig zuschauten. Als ich ihm nicht folgte, sondern in deren Gesichter starrte, um vielleicht jemanden zu erkennen – die bleierne Dunkelheit machte es mir nicht eben leicht –, rief einer der Männer: „Nun kommen Sie schon! Wollen Sie nicht endlich einsteigen?"

„Wer seid ihr?" fragte ich.

„Er will wissen, wer wir sind!" rief eine junge Frau nah am Rand der Ladefläche und brach in hysterisches Lachen aus. „Und warum bitte, mein Herr, wollen Sie wissen, wer wir sind?" fragte sie mich dann herausfordernd.

So, wie ich mich gewundert hatte, als beim Geräusch der Gewehrschüsse die Vögel aus den Bäumen geschossen waren, so wunderte ich mich jetzt, als die Frau mir den Rücken zukehrte, ihren Rock hob und mit einer obszönen Bewegung ihren nackten Hintern vor meinen Augen hin- und herschwang. Im gleichen Moment beugten sich neben ihr einige Leute herab, zogen die Ladeklappe hoch und verriegelten sie wieder, während sie noch immer ihren runden, weissen Hintern zur Schau stellte. Dann liess sie den Rock wieder hinunter, drehte sich um und sagte, auf die niedrige Klappe gestützt, zu mir: „Keiner ist mehr übrig. Alle sind drin. Na, los."

„Steigen Sie schon ein!" erklang es aus dem Inneren des Lastwagens. „Halten Sie uns nicht noch länger auf!"

Ich liess meinen Blick prüfend von einem zum anderen wandern, konnte aber kein einziges vertrautes Gesicht ausmachen. Ich sah wohl auch keine wirklichen Gesichter, sondern eher Dutzende von einander ähnlichen, verschwommenen Masken. Ausgenommen die Frau, die mich auf so schamlose Weise zum Einsteigen aufgefordert hatte. Ihr Gesicht war jung und nicht unattraktiv, gerahmt von pechschwarzem, schulterlangem Haar, dessen zerzauste Locken ihr über Stirn und Wangen hingen. Ein Gesicht, das ich nicht kannte, aber deutlich erkennen konnte.

Wortlos schüttelte ich den Kopf. Kaum war ich zurück auf das Trottoir getreten, da dröhnte der Lastwagen schon wieder los, wendete über den Platz und setzte lärmend seinen Weg in die Richtung fort, aus der er gekommen war. Mit meinem Blick verfolgte ich noch, wie er sich auf der langgezogenen Strasse immer weiter entfernte und schliesslich verschwand. Mit einem Mal fühlte ich mich entsetzlich einsam. Beinahe bereute ich, den Platz auf dem Lastwagen abgelehnt zu haben. Doch dann entschied ich zu warten, bis ich jemanden träfe, den ich kannte und dem ich vertraute. Wohin sie wohl fuhren, diese Leute, und wer sie wohl sein mochten? Und warum hatte es mein Begleiter so eilig gehabt, sich ihnen anzuschliessen?

Plötzlich gingen die Laternen am Rand des Platzes und in den Strassen an. Da erst fiel mir auf, dass in all den vielstöckigen Gebäuden um mich herum kein einziges Fenster erleuchtet war. Ich ging auf dem Trottoir auf und ab. Die Warterei machte mich unruhig. Schliesslich wusste ich nicht einmal mehr, auf wen oder was ich überhaupt wartete. Das kann doch gar nicht sein, dachte ich, wie kann ein Mensch nur so vergesslich sein!

Als ich von weitem auf dem verlassenen Trottoir einen Mann langsam in meine Richtung kommen sah, hoffte ich auf einen Bekannten. Da er den Kragen seines Regenmantels bis über den Mund hochgezogen hatte, war sein Gesicht nicht zu erkennen. Die Hände steckten in den Taschen. Er kam näher und näher, ich erwartete einen Gruss, aber er ging unverändert langsam weiter und würdigte mich keines

Blickes, nicht einmal eines beiläufigen Seitenblickes, wie man ihn einem Fremden zuwirft. Für einen Augenblick glaubte ich, ihn zu kennen, aber ich wusste, dass es ein Irrtum sein musste, und unterdrückte den spontanen Impuls, ihn anzusprechen. Statt dessen folgte ich ihm mit meinem Blick. Nach ungefähr zwanzig oder dreissig Metern blieb er stehen und schaute sich um, wie jemand, der sich zu orientieren versucht. Ich beobachtete ihn weiter. Einige Minuten lang bewegte er sich überhaupt nicht. Dann ging er weiter und entfernte sich, bis er schliesslich in eine Nebenstrasse einbog und verschwand.

Offenbar war ich so sehr mit ihm beschäftigt gewesen, dass ich nicht bemerkt hatte, wie sich mir von hinten ein Wagen näherte. Als das Motorengeräusch lauter wurde, drehte ich mich rasch um. Der unbeleuchtete Wagen bremste und hielt bei mir an. Gott sei Dank, endlich! dachte ich und schaute durch das Wagenfenster nach dem Fahrer. Es war eine Frau. Sie hatte die Innenbeleuchtung eingeschaltet, damit ich sie gut erkennen konnte, und fragte: „Ist hier ein Mann in einem Regenmantel vorbeikommen?“

„Ja“, antwortete ich.

„Wann?“

„Gerade eben, vor ein paar Minuten.“

„Wo ist er hingegangen?“

„In die Seitenstrasse dort. Die zweite rechts.“

„Danke“, sagte sie, traf aber keine Anstalten, ihm zu folgen. Ich starrte weiter in ihr Gesicht, bis sie fragte: „Hast du auf mich gewartet?“

„Ich weiss es nicht“, antwortete ich, und das war nicht gelogen.

„Natürlich hast du auf mich gewartet", lachte sie mit perlender Stimme, „komm, steig ein, setz dich zu mir."

Ohne zu zögern öffnete ich die Tür und nahm neben ihr Platz. Endlich war ich von dieser quälenden Ungewissheit und Leere erlöst. Ich machte es mir bequem und beobachtete, wie sie den ersten Gang einlegte und anfuhr. Ihr Gesicht kam mir irgendwie bekannt vor. „Habe ich dich nicht schon vor einer halben Stunde gesehen?"

„Du, mich gesehen? Wo denn?"

„Auf dem Lastwagen, zusammen mit einer Anzahl Männer und Frauen."

„Auf was für einem Lastwagen?"

„Auf dem Lastwagen, der hier vor einer halben Stunde vorbeigekommen ist. Du hast hinten, direkt an der Ladeklappe, gestanden."

„Wovon redest du eigentlich?"

„Du hast mir den Rücken zugedreht und deinen Rock hochgezogen ..."

„Ich?"

„Ja, du! Du wolltest, dass ich mitkomme."

Sie antwortete nicht, und ich bemerkte, dass wir an der Seitenstrasse vorbeigefahren waren, in die der Mann mit dem Regenmantel eingebogen war.

„Was ist mit dem Mann im Regenmantel?" fragte ich sie. „Hast du deine Absicht geändert?"

„Der Mann, nach dem ich mich bei dir erkundigt habe? Interessiert mich kein bisschen."

„Warum hast du dann nach ihm gefragt?"

„Weibliche Neugier, nichts weiter."

Danach herrschte für einige Minuten Stille zwischen

uns. Ganz sicher war es dieselbe Frau, die mich aufgefordert hatte, auf den Lastwagen zu klettern. Ich hatte ihre schulterlangen, in die Stirn fallenden Locken nicht vergessen. Ich liess meinen Blick zu ihrem Rock hinunterwandern. Trotz der Dunkelheit war ich mir sicher, ohne zu wissen warum, dass es sich um eben jenen Rock handelte, den sie mit dieser unbegreiflichen Schamlosigkeit über ihren Hintern gehoben hatte. Nur an die Farbe konnte ich mich leider nicht mehr erinnern. Wo war ich hier hineingeraten? Sie hatte die Scheinwerfer noch immer nicht eingeschaltet und begnügte sich mit der Strassenbeleuchtung.

„Warum machst du das Licht nicht an?“ fragte ich.

„Das Licht?“ wiederholte sie und drehte sich erstaunt zu mir um. „Warum, die Strassen sind doch leer!“

„Hast du keine Angst vor einem Unfall? Irgend etwas Unerwartetem?“

„Wieso denn? Ich kenne diese Strasse wie meine Westentasche.“

Mir kam ein tollkühner Gedanke. „Hör mal“, fragte ich sie, „darf ich deinen Rock mal hochziehen?“

„Während ich fahre?“

„Ich will nur etwas ganz Bestimmtes feststellen.“

„Und das wäre?“

„Ob du etwas darunter trägst.“

Sie lachte schallend und hielt sich am Steuer fest. „Bist du verrückt geworden? Oder hältst du mich für verrückt?“

„Ich will nur wissen, ob du die Frau bist, die ich auf dem Lastwagen gesehen habe. Das ist alles.“

Zu meiner freudigen Überraschung schob sie ihr rechtes Bein zu mir herüber, das, weil sie weiter Gas geben musste, in eine seltsam abgespreizte Haltung geriet. „Bitte sehr“, sagte sie mit einem nervösen Unterton, „zieh den Rock hoch, soweit du willst.“

Unwillkürlich streckte ich die Hand nach ihrem Knie aus, ehe sie es in seine vorherige Position zurückbewegte, um weiterzufahren. Ich ergriff den Saum des Rockes, aber meine Hand blieb bewegungslos auf ihrem Knie liegen. Mühsam unterdrückte ich den schamlosen Wunsch, ihren Schenkel zu fühlen, und zog meine Hand zurück. „Entschuldige mein Benehmen. Was musst du nur von mir denken! Es tut mir leid.“

„Nicht doch. Ich weiss, die Ungewissheit ist sehr unangenehm.“

„Und beunruhigend.“

„Willst du dir nicht lieber etwas von dieser Ungewissheit bewahren?“

„Ich ziehe es vor, wenn möglich die Wahrheit zu erfahren.“

„Welche Wahrheit?“

„Nun ... zumindest jene Wahrheit, die der Erkenntnis zugänglich ist.“

Sie lachte spöttisch, und ich kann nicht leugnen, dass ich sie sehr anziehend fand. „Das nenne ich falsche Bescheidenheit! Natürlich gibt es da auch noch die Wahrheit, die der Erkenntnis nicht zugänglich ist. Aber ich nehme an, du hast bei deinen Versuchen, die Ungewissheit zu überwinden, manches erfahren, womit du nicht gerechnet hättest?“

Ich fühlte mich nicht in der geistigen Verfassung, einen philosophischen Disput zu führen, zumal mit einer fremden Frau, deren Namen ich noch nicht einmal kannte.

Schweigend hielt ich meinen Blick auf die lange, beidseits beleuchtete Strasse geheftet, auf der weder Menschen noch Autos zu sehen waren. Aber sie fand sich mit meinem Schweigen nicht ab. „Du hast auf meine Frage nicht geantwortet."

„Welche Frage?"

„Dein Versuch, die Ungewissheit durch Erkenntnis zu überwinden, ist an sich legitim und akzeptabel. Aber ich nehme doch an, dass du dabei auch andere Dinge entdeckt hast als die, nach denen du gesucht hast?"

„Das hing jeweils davon ab, was ich entdeckt habe", antwortete ich mit einem Anflug von Resignation und setzte hinzu: „Was aber nicht heisst, dass die alte Ungewissheit damit überwunden wäre. Eine neu gefundene Erkenntnis hebt nicht notwendigerweise die alte Ungewissheit auf. Die alte Unruhe. Die alte Angst."

„Wenn aber die Erkenntnis, zu der du zufällig gelangst, ebenfalls Unruhe und Angst hervorruft?"

„Mach die Sache bitte nicht noch komplizierter."

„Du scheinst der Meinung zu sein, dass es nur beängstigend ist, im Ungewissen zu bleiben, die Wahrheit aber, wie immer sie aussehen mag, in jedem Falle die Angst vertreibt, ausgehend von der Annahme, dass das Wahre das Schöne ist und das Schöne … oder lege ich dir etwas in den Mund?"

„Ganz genau. Du legst mir Dinge in den Mund, die ich nicht einmal im Kopf habe."

„Tut mir leid."

„Aber … es ist schon so, wie du sagst. Die Wahrheit, wie immer sie aussehen mag … ach! Was versprichst du dir von diesen Wortklaubereien? Habe ich etwa auf dich gewartet? Warum wolltest du überhaupt, dass ich mitfahre?"

„Du bist verärgert? Wenn du willst, kannst du aussteigen. Hier, zum Beispiel?"

Sie bremste scharf, hielt den Wagen an und drehte sich zu mir um, in einer herausfordernden Art, die mir sogar in der Dunkelheit auffiel. Die Strassenbeleuchtung warf ein schwaches Licht auf ihr Gesicht. Ihre Augen waren zwei schwarze Seen, in denen es blitzte. Ich war gar nicht verärgert gewesen, wie sie behauptete, aber dass sie plötzlich auf diese Art anhielt, ärgerte mich wirklich. Nun schaltete sie auch noch die Innenbeleuchtung des Wagens ein und machte damit alles nur noch schlimmer. Ich sollte wohl sehen, wie ernst es ihr war. Zum Teufel nochmal! Ich hatte ja nicht einmal eine Ahnung, woher diese schöne Frau kam. Wie könnte ich sie so einfach verlassen? Musste ich das überhaupt? Wo sollte ich auf dieser endlosen, gottverlassenen Strasse aussteigen, von der ich nicht einmal wusste, wohin sie führte?

Ich verharrte eine Weile bewegungslos und antwortete nicht, während sie mich beobachtete. Dann streckte ich die Hand nach der Tür aus und öffnete sie ein Stück, nur um sie gleich wieder zuzuschlagen. „Ich will gar nicht aussteigen."

„Also, soll ich weiterfahren?"

„Fahr weiter."

„Grossartig!"

„Aber wo fahren wir hin?"

Sie hob die Hand zum Schalter und löschte das Licht, dann legte sie den Gang ein und erwiderte knapp: „Das wirst du schon sehen."

Ich konzentrierte mich erneut auf die Strasse und versuchte herauszubekommen, wo wir uns befanden. Ich hatte immer geglaubt, als Sohn dieser Stadt sei mir jede Strasse, ja jede Handbreit vertraut, doch nun bemerkte ich mit Schrecken, wie wenig ich wirklich von meiner Stadt wusste. Kein einziges Gebäude erkannte ich. Vielleicht waren da auch gar keine Gebäude, denn selbst als meine Fahrerin endlich die Scheinwerfer einschaltete, sah ich nichts, was mir bekannt vorkam. Nur das Emblem auf dem Kühler, der dreigeteilte Kreis, sagte mir, dass ich in einem Mercedes sass. Jenseits der Strassenränder war nichts als Dunkelheit, trotz der regelmässigen Strassenbeleuchtung. Als führen wir in die Wüste hinein oder am Meeresufer entlang. Nein, da war keine Stadt. Wir waren bestimmt weit entfernt von der Stadt. Vielleicht befanden wir uns auf einer Strecke zwischen zwei Städten. Meine Fahrerin jedenfalls schien sich ihrer selbst und des Weges vollkommen sicher. Es war, als rasten wir in einen Wald hinein, von dem ich nichts wusste, den sie aber ganz genau kannte.

Minuten vergingen, in denen ich mich der Situation ergab. Ich kurbelte sogar das Fenster herunter und erfrischte mich an der angenehm kühlen Luft, die mir ins Gesicht schlug. Zweifellos bemerkte die Frau, wie sich meine Aufmerksamkeit von ihr abwandte – ich bin in der Lage, wenn es sein muss, mich vollkommen von meiner Umgebung zurückzuziehen, als schlüpfte ich in eine tiefe Höhle in meinem Inneren, um nichts und niemanden mehr zu sehen oder zu hören. Dort, in meiner tiefen Höhle, genoss ich nun den feuchten, kühlen Fahrtwind und hörte die Musik, die ich in den letzten Tagen oft gespielt hatte – die *Nocturnes* von Chopin, ein Teil meines inneren Schutzwalles gegen die

Zumutungen des alltäglichen Lebens. Ich stellte mir den jungen Chopin vor, wie er in der Dunkelheit Mallorcas das Bett seiner Geliebten George Sand verlässt. Der Regen peitscht auf die verlassene Insel nieder, und er tastet sich beim Schein einer Kerze durch die Räume der alten Villa zum Klavier. Dem Klavier, das ihn mit seinen Melodien von allem hinwegträgt, ihn von seiner Krankheit und seinen Schmerzen befreit, und sei es auch nur für noch eine Nacht.

Ihr Schreien schreckte mich auf: „Wie oft muss ich dir noch sagen, dass du das Fenster zumachen sollst! Kannst du denn nicht hören? Hast du noch nicht genug gefroren? Zur Strafe stelle ich die Musik ab."

Mir wurde klar, dass sie im Rekorder des Wagens eine Kassette abgespielt hatte. Sie stoppte das Gerät mit einer abrupten Handbewegung, und während ich das Fenster hochkurbelte, fragte ich mit unsicherer Stimme: „Hast du eine Kassette von Chopin gespielt?"

„Was denkst denn du? Glaubst du, du hättest sie gespielt?"

„Aber diese Kassette ..."

„Was ist damit?"

„Sie stammt aus meiner Sammlung."

„Tatsächlich? Das ist ja lächerlich, meinst du, du seist der einzige Mensch auf der Welt, der Kassetten kauft?"

„Hast du noch mehr davon?"

„Ich habe Dutzende von Kassetten. Wenn wir angekommen sind, kannst du dir alle anschauen."

„Angekommen? Wo?"

„Du wirst schon sehen."

„Du wirst schon sehen! Wirst schon sehen! Warum sagst du mir nicht endlich, wer du bist? Wo fährst du mich hin, auf dieser endlosen Strasse?"

„Wir sind bald da."

„Natürlich, natürlich."

„Glaubst du mir nicht? Meinst du etwa, ich will bis morgen früh mit dir in diesem Wagen sitzen?"

„Warum nicht? Alles ist möglich in diesem Leben."

Wieder erklang aus ihrer Kehle jenes perlende Lachen, als wäre sie nicht meine Aufseherin, sondern meine Vertraute. Mit einem Anflug von Koketterie entgegnete sie: „Das musst du, als Arzt, am besten wissen, hm?" Sie legte ihre linke Hand auf meinen Oberschenkel. Wollte sie mich beruhigen? Oder wollte sie mich provozieren? Sie liess die Hand dort liegen. Aber ich war entschlossen, darauf nicht zu reagieren. Wenn sie mit mir Katz und Maus spielen wollte, sollte sie mich auf einen Schlag verschlingen. Solche albernen Spielchen waren völlig überflüssig.

Stumm versuchte ich, mich von neuem in die Tiefe meiner inneren Höhle zurückzuziehen, um die Frau verschwinden zu lassen, und sei es nur für ein paar Minuten. Aber sie wandte mir ihr Gesicht zu, die Hand noch immer auf meinem Oberschenkel, und fragte: „Rauchst du nicht?"

Ich zögerte. „Doch. Hin und wieder."

„Na, dann gib mir eine Zigarette."

Ich holte eine Schachtel Zigaretten aus der Tasche, zog eine heraus und bot sie ihr wortlos an, ohne mir selbst eine zu nehmen.

Sie ergriff zunächst die Zigarette, reichte sie mir dann aber zurück und sagte in einem zugleich aufreizenden und befehlenden Ton: „Zünde sie erst an, und gib sie mir dann.“ Sie deutete auf den Zigarettenanzünder und drückte ihn hinein. Ich deponierte die Schachtel auf der Ablage zwischen uns, wie um zu sagen: Rauch doch, soviel du willst. Dann zog ich den Anzünder heraus, brannte die Zigarette hektisch an und reichte sie ihr. Sie steckte sie in den Mund und befahl: „Und jetzt zünde dir auch eine an.“

Entschieden schüttelte ich den Kopf: „Ich habe keine Lust zu rauchen.“

Sie nahm die Zigarette in die Hand und entgegnete: „Verstehe. Du willst nicht. Auch gut.“ Sie zog den Aschenbecher heraus, drückte die Zigarette darin aus und knallte ihn wieder zu. Ich schmunzelte über ihren Ärger und richtete meinen Blick wieder auf die Strasse, ohne etwas zu sagen.

Danach dauerte es nicht mehr lange. Bei einer Abzweigung bog sie mit hoher Geschwindigkeit und quietschenden Reifen nach links ab. Die Strasse war hier viel schmaler als zuvor. Dann ging es in eine weitere Nebenstrasse, die nun eher einer schmalen Gasse glich, unbeleuchtet und rechts und links von Bäumen gesäumt. Wenige Minuten später erreichten wir schliesslich einen weiten, leeren Platz, an dessen einer Seite ein von mehreren Scheinwerfern angestrahltes grosses, mehrstöckiges Gebäude stand. Kaum hatten wir es erblickt, ging hinter allen Fenstern das Licht an.

Der Wagen hielt neben dem Gebäude. „Bitte sehr, du kannst aussteigen“, sagte die Frau, nachdem sie das ganze letzte Stück geschwiegen hatte.

Wir stiegen beide aus. Mit einem Mal sah ich von der gegenüberliegenden Seite des Platzes einen Lastwagen auf uns zukommen. Da schrie ich – jawohl, ich schrie wie ein Wahnsinniger: „Nein! Um Himmels willen, nein!“

Aber die Frau erwiderte nur gleichmütig, als habe sie es mit einem ungezogenen Kind zu tun: „Bitte, kein Geschrei, kein Geschrei.“

„Aber das ist doch der Lastwagen, den ich auf dem Platz gesehen habe … dort …“

„Na und?“

„Was wollt ihr von mir?“ schrie ich wieder. „Wo kommt dieser Lastwagen her?“

Meine Begleiterin antwortete nicht. Als der Lastwagen neben uns hielt, sah ich zu, wie die zusammengepferchten Menschen heruntersprangen. Die Scheinwerfer an der Front des Gebäudes überfluteten die Szenerie mit gleissendem Licht. Es war ein zusammengewürfelter Haufen von Frauen und Männern, Jugendlichen und Greisen – so schloss ich aus ihren Bewegungen und Silhouetten. Wie beim ersten Mal konnte ich keine Gesichter erkennen, weil die Scheinwerfer plötzlich erloschen. In dem schwachen Restlicht, das von den Fenstern herübersickerte, war kaum etwas zu erkennen. Viel schlimmer aber war, dass sie völlig stumm blieben. Kein Laut ging von ihnen aus, nur ein leises Husten hier und dort. Ich glaube, manche unterdrückten ein Stöhnen.

Die Frau achtete nicht mehr auf mich. Sie schien die Ankömmlinge zu zählen, die in einer langen Kolonne durch ein grosses Stahltor an der anderen Seite des Gebäudes strömten, das einer von ihnen geöffnet hatte. Plötzlich kam mir die Idee, mit ihrem Auto zu fliehen. Wie ein Dieb schlich ich zum Wagen, beugte mich zur Fahrertür hinab und versuchte durch die Scheibe zu erkennen, ob der Zündschlüssel steckte. Da rief sie zu mir herüber: „Hast du etwas im Wagen vergessen?“

„Ja, habe ich!“ rief ich zurück. Entschlossen öffnete ich die Fahrertür und griff nach dem Zündschloss. Verdammt! Kein Schlüssel.

Wütend schlug ich die Tür zu und wartete, bis die Aufseherin ihre Aufgabe beendet hatte. Als alle drinnen waren, schloss sich das Tor, und sie eilte zurück zu mir. Aus ihrer Handtasche zog sie einen Schlüssel und öffnete das Haupttor, an dessen Schwelle ich stand. „Bitte sehr“, sagte sie.

Die grosse, hell erleuchtete Eingangshalle war bis auf zwei oder drei Stühle vollkommen leer. Wir gingen hinüber zu einer Tür auf der Seite, neben der ein recht hübscher, in der Form eines Baumes geschnittener Spiegel hing. Seltsam, dachte ich, als ich die Gestalt darin sah, bin ich das? Hätte ich nicht die Frau im Spiegel genau so erblickt, wie sie neben mir stand, ich hätte geschworen, Opfer einer optischen Täuschung zu sein. Mein Spiegelbild schien einen dichten Schnurrbart zu tragen, das Haar an den Schläfen war ergraut. Noch während wir durch die Tür gingen, betastete ich meine Oberlippe und überzeugte mich, dass ich keinen Schnurrbart trug. Aber wie sollte ich herausfinden, ob mein schwarzes Haar ergraut war, ohne dass ich es bemerkt hatte?

Im Eingangsbereich des nächsten Raumes thronte ein Mann mit einem auffallend grossen, nahezu kahlen Kopf hinter einem imposanten Schreibtisch und telefonierte. Neben ihm sass eine Frau und schrieb. Er diktierte ihr wohl einen Brief, denn während er am Telefon zuhörte, schaute er hinüber zu dem Blatt Papier, das vor ihr lag. Der Mann trug eine mir unbekannte Art von Uniform, deren Messingknöpfe (oder war es Gold?) bei jeder Bewegung blitzten. Seine Kollegin und er mochten um die fünfzig sein. Kurz nach unserem Eintreten legte der Mann den Hörer auf, erhob sich und wandte sich an die Frau: „Kümmern Sie sich bitte um die Angelegenheit, bis ich zurück bin."

Ich erwartete, dass er zu uns herüberkommen würde, aber statt dessen ging er durch eine weitere Tür hinaus und schloss sie hinter sich.

Die Frau sah zum erstenmal auf, rückte ihre Brille zurecht und begrüsste meine Begleiterin: „Ich hatte schon befürchtet, du würdest dich verspäten. Warum setzt ihr euch nicht?" Sie deutete mit ihrer Brille auf ein Sofa am anderen Ende des weitläufigen Raumes.

„Der Herr Doktor wird sich setzen", erwiderte meine Begleiterin, „ich habe noch etwas zu tun."

Kaum hatte ich Platz genommen, da eilte sie zur gleichen Tür hinaus, durch die zuvor der Uniformierte verschwunden war. Kurz darauf betrat ein Mädchen in einem blauen, ärmellosen Kleid den Raum, legte ein Bündel Papiere auf den Schreibtisch, kam dann direkt auf mich zu und nahm am anderen Ende des Sofas Platz. Die Frau am Schreibtisch setzte ihre Brille wieder auf und begann, ohne noch einmal aufzuschauen, einen Stapel Akten durchzublättern. Das Mädchen neben mir räusperte sich ein wenig, als wollte sie das Schweigen zwischen uns brechen. Dann rutschte sie langsam zu mir heran. Ich betrachtete ihr kindliches Gesicht genauer. Unter ihrem kurzgeschnittenen Haar leuchteten grosse Augen. Schüchtern biss sie sich auf ihre in üppigem Rot leuchtende Unterlippe. Ihr Gesicht erinnerte mich an etwas, aber an was? Etwas Kindliches, Reines ging von ihm aus, als verströme es den Duft einer Wildblume.

„Wie heisst du?" fragte ich im Flüsterton.

Sie legte den Zeigefinger auf die Lippen und deutete auf die grauhaarige Frau hinter dem gewaltigen Schreibtisch. Dann rückte sie noch näher, ganz dicht an mich heran, nahm mein Gesicht in beide Hände und zog mich zu einem langen, heissen Kuss an sich. Ich wehrte mich nicht, und kaum hatte sie sich von mir gelöst, da presste ich meine Lippen schon wieder auf ihren Mund, saugte gierig daran und trank den Nektar von ihrer Zunge, während sie ihre Hände in mein

Haar vergrub. Plötzlich rückte sie von mir ab, als sei sie erschrocken. Beide schauten wir hinüber zur Herrin des gewaltigen Schreibtisches, aber sie war noch immer völlig in ihre Akten versunken und beachtete uns nicht. Das Mädchen lehnte sich mit dem Rücken gegen die Armlehne der Couch und bedeutete mir mit einer Handbewegung, mich zu nähern. Ich beugte mich über sie und verschlang ihre Lippen. Sie half mir, mit der Hand in ihre Bluse zu schlüpfen, und mit ein wenig Mühe schälte ich zwei blühende Brüste aus dem Büstenhalter, die rund und prall meine Hand füllten. Ich stürzte mich mit meinem Mund darauf, wie auf ein verführerisches Mahl, nach dem der Körper schreit, nach all der Leere, der Verzweiflung und der Angst.

Sie näherte ihren Mund meinem Ohr, neckte es mit der Zunge und flüsterte: „Warum wolltest du denn vorhin im Auto nicht?"

Mir war, als hätte sie einen Eimer kaltes Wasser über mir ausgeleert. Ich richtete mich kerzengerade auf und starrte sie an. „Wie? Bist du etwa dieselbe Frau?"

Wieder erklang ihr perlendes, unverwechselbares Lachen. „Diesmal habe ich dich reingelegt, stimmt's?"

„Aber deine langen schwarzen Haare ..."

„Ach, so eine Perücke zieht man im Handumdrehen ab."

Unwillkürlich wurde ich laut: „Das kann doch nicht sein! Unmöglich!"

„Was ist unmöglich, Herr Doktor?" fragte die Grauhaarige hinter dem Schreibtisch.

„Meine Situation! Ich befinde mich in einer absolut unmöglichen Lage!"

„Was ist denn los mit dem Herrn?" wandte sie sich daraufhin an die Frau neben mir, als sprächen sie eine eigene Sprache, die ich nicht verstand.

Meine Nachbarin hatte sich inzwischen wieder normal hingesetzt, ihr Äusseres in Ordnung gebracht und antwortete mit bemerkenswerter Gelassenheit: „Ich glaube, er ist ein wenig verwirrt ... Er hat sogar seine Arzttasche vergessen." Sie wandte sich zu mir und fügte hinzu: „Sie haben ja selbst das Stethoskop vergessen, Doktor! Na, das macht nichts. Wir haben genug medizinisches Gerät hier, kein Problem."

„Kein Problem", echote ich wie der grösste Dummkopf auf Erden. Um wenigstens den Anschein eines letzten Restes von Vernunft zu geben, setzte ich hinzu: „Das wichtigste ist der Kranke. Wo ist der Kranke?"

„Welcher Kranke?" fragte sie mit ausdruckslosem Gesicht zurück, und mein verwirrter und ratloser Blick begegnete ihren grossen, blitzenden Augen. „Bei uns gibt es keine Kranken."

„Warum haben Sie mich dann hergebracht?"

„Aufgrund dringender Notwendigkeit, Doktor." Mit immer noch völlig unbewegter Miene schob sie ihren Fuss nach vorn und spielte mit ihrem schwarzen, eleganten Lackschuh an meinen braunen, klobigen Schuhen herum. Dann hob sie meinen Hosensaum mit der Schuhspitze an und wanderte damit meinen Unterschenkel empor. Beinahe wäre ich durchgedreht! Ich zog mein Bein zurück und rückte an das äusserste Ende des Sofas. In diesem Moment klingelte das Telefon unangenehm laut.

Die Grauhaarige nahm den Hörer ab. „Hallo ... ja, ja. Ja, er ist hier. In Ordnung, einen Augenblick."

Sie reichte den Hörer in meine Richtung. „Sie werden am Telefon verlangt."

Ich war perplex. „Man will mich sprechen? Wer weiss denn, dass ich hier bin?"

Ich ging zum Telefon, nahm den Hörer und sagte: „Hallo!"

Durch die Leitung hörte ich die Stimme eines mir unbekannten Mannes, der mich ansprach, als wären wir alte Freunde, die sich jeden Tag sehen: „Willkommen, Doktor! Wie geht es Ihnen? Entschuldigen Sie bitte, dass wir Sie haben warten lassen. Sie wissen, mit Einbruch der Dunkelheit beginnen unsere Probleme. Routinemässige Sicherheitsvorkehrungen, machen Sie sich keine Sorgen. Hauptsache, Sie sind endlich da."

„Wer sind Sie überhaupt?" brüllte ich zurück. „Was geht es Sie an, dass ich hier bin? Was wird hier gespielt?"

Mein Gesprächspartner lachte laut. „Seien Sie nicht so gereizt, ich bitte Sie. Haben Sie es denn so schnell vergessen?"

„Was vergessen?"

„Na hören Sie, Doktor, unser Zusammentreffen auf dem Trottoir, gleich an dem grossen Platz!"

„Wie? Sind Sie ... ah, Sie sind der Mann in dem langen schwarzen Mantel?"

„Ganz genau! Wir werden uns in ein paar Minuten wiedersehen. Bitte entschuldigen Sie noch einmal die Verspätung." Damit legte er auf.

Kaum war ich an meinen Platz auf dem Sofa zurückgekehrt, da kam der Mann mit den blitzenden Knöpfen und der gewaltigen Glatze wieder herein. Diesmal näherte er sich mir mit ausserordentlichem Respekt, verbeugte sich leicht und fragte ausgesucht höflich: „Sind der Herr bereit? Alle warten bereits auf Sie." Ich sandte einen fragenden Blick zu meiner Begleiterin, die stumm am anderen Ende des Sofas sass und mir mit einem Blick und einer leichten Kopfbewegung bedeutete, dem Mann zu folgen. Sie stand sogar auf und kam zu mir herüber, um mich zu ermutigen, mich ebenfalls zu erheben.

Gemeinsam folgten wir ihm durch einen langen, dunklen Gang, dann einen zweiten, der uns schliesslich zu einer breiten Stahltür führte. Darüber leuchtete ein rotes Licht, wie am Bühneneingang eines Theaters. Ich bin also zu einer Theateraufführung eingeladen, dachte ich. Gar nicht übel. Mal sehen.

Einer der beiden breiten Türflügel öffnete sich. Wir traten ein, bogen um mehrere Ecken, und ich bemerkte, dass wir durch Kulissen gingen, bis mich mein Führer auf eine eher enge, aber gleissend hell ausgeleuchtete Bühne geleitete. In der Mitte stand ein Podium mit einem Mikrofon, dahinter drei Stühle. Ein weiterer Mann – war es der in dem langen Mantel? – empfing mich überaus freundlich und geleitete mich in die Mitte, während er selbst zu meiner Rechten und die Frau zu meiner Linken Platz nahm.

Vor uns lag ein grosser Zuschauerraum, oder es kam mir so vor, weil er nicht beleuchtet war. Er war voller Zuschauer, die husteten, flüsterten und auf ihren Sitzen herumrutschten, dass es knarrte und quietschte, bis ich mich auf dem Podium niedergelassen hatte. Ohne den Grund zu kennen, fühlte ich die Spannung, die mit der eintretenden Stille den Saal erfüllte. In diesem Zustand äusserster Erregung versuchte ich zu erkennen, wer vor mir sass. Wieder wurde ich enttäuscht: ihre Gesichter waren kaum zu sehen, geschweige denn zu erkennen. Nur ein kurzes Aufblitzen hier oder dort, das von den Augen oder den Brillengläsern einiger Zuschauer herrühren mochte. Ich erinnerte mich an den Ausspruch meiner Begleiterin: „Aufgrund dringender Notwendigkeit." Welche Notwendigkeit hatte mich hergebracht? Was sollte ich diesen Leuten vortragen? Was mochte an diesem Vortrag so dringlich sein?

Der Vorsitzende zu meiner Rechten erhob sich (wieso sass er nicht in der Mitte, wie es für einen Vorsitzenden üblich ist?) und zog das Mikrofon zu sich heran. „Meine Damen und Herren", begann er nach einem leichten Räuspern, „aufgrund der Ihnen allen bekannten aussergewöhnlichen Umstände hat es uns einige Mühe gekostet, den Redner unseres heutigen Abends hierher zu bringen. Wie Sie sehen, ist es uns jedoch gelungen, dieses Problem zu bewältigen und auch Ihnen das Kommen zu ermöglichen. Falls Sie irgendwelche Schwierigkeiten gehabt haben sollten, sich an diesem Ort einzufinden, der sich durch Ihre Anwesenheit geehrt fühlt, so möchten wir uns für diese Umstände entschuldigen. Zweifellos würden Sie, wenn es Ihnen nicht möglich gewesen wäre zu erscheinen, nunmehr zu Hause sitzen und sich enttäuscht und mit Bedauern fragen, was wohl jetzt hier geschieht, nicht nur, was hier im Saal gesagt und besprochen wird, sondern auch in all den benachbarten Räumen, durch die Sie so oft, in Gesprächen und Diskussionen vertieft, gewandelt sind ... Der Redner unseres heutigen Abends, Herr Doktor Nimr Alwân, bedarf keiner Vorstellung ..."

Nimr Alwân? Ich sollte Nimr Alwân sein? Jetzt hatte ich das Geheimnis hinter all diesen seltsamen Vorgängen entdeckt! Sie hatten mich verwechselt, das war der Grund! Ohne zu zögern ergriff ich das Mikrofon und unterbrach den Vorsitzenden mit ärgerlicher Stimme: „Aber Herr Vorsitzender, ich bin nicht Nimr Alwân."

Er liess sich nicht beirren, griff erneut nach dem Mikrofon und hob die Stimme, um den Lärm im Saal zu übertönen: „Wie ich schon sagte, unser Gast, Doktor Nimr Alwân, bedarf keiner besonderen Vorstellung. Denn wie bescheiden er sich auch immer geben mag, wir alle kennen die herausragenden Verdienste, die er sich um die medizinische Versorgung unserer Stadt erworben hat, ebenso wie seine zahlreichen Publikationen, die ..."

„Welche Publikationen?" rief ich hartnäckig dazwischen. „Ich habe in meinem ganzen Leben kein einziges Buch verfasst!"

In diesem Moment stand einer der Zuschauer in der ersten Reihe auf und meldete sich zu Wort: „Wir möchten den Herrn Redner doch bitten, den Herrn Vorsitzenden nicht dauernd zu unterbrechen!"

Da wandte ich mich direkt an ihn: „Wenn Sie einen Vortrag von mir hören wollen, dann werde ich sprechen, aber Sie sollten wissen, dass ich nicht Doktor Alwân bin. Zweifellos handelt es sich ja bei ihm um einen bedeutenden Mann, den ich jedoch, beileibe nicht aus Geringschätzung, nicht kenne und dessen Namen ich noch nie gehört habe."

„Wir verstehen uns", antwortete der andere und setzte sich wieder. Der Vorsitzende wandte sich nun zu mir.

„Bitte sehr, Herr Doktor", forderte er mich auf, „wir alle werden ihnen gespannt zuhören."

Ich erhob mich, holte das kleine Notizbuch hervor, das ich immer bei mir trage, blätterte ein wenig darin, als ginge ich noch einmal die Notizen zu meinem Vortrag durch, und begann: „Sehr verehrte Damen und Herren, ich freue mich über Ihre Aufmerksamkeit. Das Thema, mit dem ich mich heute abend befassen möchte, erfordert jedoch wahrscheinlich kein sehr aufmerksames Zuhören, oder zumindest wird das Zuhören selbst keine grosse intellektuelle Anstrengung verlangen."

Plötzlich fiel, ich weiss nicht von woher, der Strahl eines Scheinwerfers auf einen Mann, der sich inmitten des Publikums erhoben hatte und nun gerade auf seinen Stuhl kletterte, um für alle gut sichtbar zu sein. Mit erhobenen Armen (beinahe fürchtete ich, er würde vom Stuhl fallen) rief er: „Ich weigere mich, weiter zuzuhören! Ich beschuldige Doktor Alwân, vom ersten Augenblick an bewusst von dem Thema abzulenken, das uns heute abend hier zusammengebracht hat."

Ein zweiter Mann erhob sich und folgte dem Beispiel des ersten. Auch er erklomm seinen Stuhl und begann, von einem zweiten Scheinwerfer angestrahlt, zu brüllen: „Wir sind nicht hierhergekommen, um einen medizinischen Vortrag zu hören. Wir lehnen es überhaupt ab zuzuhören. Ausserdem möchte ich die von meinem Kollegen Doktor Machmûd gegen den Redner erhobenen Vorwürfe bekräftigen."

In diesem Moment konnte ich die beiden Männer eindeutig erkennen! Es waren Machmûd Hassan und Sâmi Imâm, zwei bekannte Schauspieler. Sprachen sie für sich, oder spielten sie ihr übertriebenes Engagement nur? Entschlossen, auf die neue Situation flexibel zu reagieren, rief ich mit lauter Stimme: „Hier läuft ein abgekartetes Spiel, merkt das denn niemand?"

Machmûd Hassan brüllte von seinem Platz aus zurück: „Er weicht aus! So drücken sie sich vor der Verantwortung! Immer weichen sie aus!"

Bevor ich antworten konnte, fiel das Licht auf eine Frau, die durch den Seitengang auf die Bühne zukam, ebenfalls gefolgt vom Strahl eines Scheinwerfers. Mit der Betonung einer professionellen Ansagerin sprach sie in ein Mikrofon: „Jawohl, alle weichen sie aus, mit Ausnahme unseres Redners heute abend. Fragen Sie mich, ich kenne ihn seit langem!"

(Sie, mich kennen! Ich hatte sie noch nie in meinem Leben gesehen!)

Niemand unterbrach sie, und so fuhr sie fort: „Dass es sich um Doktor Nimr Alwân handelt, ist jedenfalls hundertprozentig sicher. Erinnern Sie sich an mich, Doktor? Schauen Sie mich genau an! Ich bin es, Haifâ – Haifâ Sâi. Aber Sie verleugnen sich, weil Sie Ihre Identität vergessen haben. Um genauer zu sein: Sie haben ihre Identität mit voller Absicht abgelegt, als Sie mich verlassen haben, und sie dann tatsächlich vergessen. Hier geht es nicht um einen Fall von Betrug, meine Damen und Herren. Es geht um einen viel beklagenswerteren, einen viel traurigeren Fall. Es geht um einen menschlichen Verlust, den ein Mann vom Format eines Nimr Alwân eigentlich hätte überwinden, ja besiegen müssen."

Haifâ hatte sich der Bühne genähert, und ich erwartete, sie würde heraufkommen, um sich von hier aus an das Publikum zu wenden. Doch sie begnügte sich damit, aus der Ecke des dunklen Saals zu sprechen. Das Mikrofon noch immer ganz nah an den Lippen, zeigte sie mit ausgestrecktem Finger auf mich und fuhr fort: „Bei unserem Redner handelt es sich um ein Opfer. Ich sage das nicht, um Ihr Mitleid zu erregen. Er verdient kein Mitleid, aber wir müssen die Tatsachen nehmen, wie sie sind. Dieser Mann ist ein Opfer und deshalb für nichts verantwortlich, was er sagt oder tut."

Ihre Worte ärgerten mich genauso wie ihr Auftreten und ihr Tonfall. „Was sind das für Lügen und Unterstellungen?" unterbrach ich sie wütend. „Erstens habe ich Sie noch nie in meinem Leben gesehen. Zweitens weise ich Ihre Behauptungen mit aller Entschiedenheit zurück. Ich bin kein Opfer, von nichts und niemandem. Ich möchte beinahe wetten, dass man Sie hierher geschickt hat, um die Menschen hinters Licht zu führen, die sich zu Ehren von Nimr Alwân eingefunden haben, wenn auch vielleicht nicht ganz freiwillig."

Noch bevor ich geendet hatte, erhob sich heftiger Lärm im Saal. Der Vorsitzende klopfte mit seinem Stift auf den Tisch und rief: „Ruhe bitte, Ruhe! Immer der Reihe nach, ich bitte Sie. Bitte melden Sie sich der Reihe nach, und sprechen Sie einer nach dem anderen." Dann wandte er sich an mich. „Herr Doktor, mir scheint, die Lage ist Ihnen nicht ganz klar. Sie sind hier zwar selbstverständlich als Festredner geladen, aber Sie wollen offenbar nicht wahrhaben, dass Sie gleichzeitig vor Gericht stehen."

„Vor Gericht!" wiederholten die beiden Schauspieler mit dramatischem Tonfall.

„Und Frau Sâi ist hier, um Sie zu verteidigen. Ist Ihnen das nicht bewusst?" fuhr der Vorsitzende fort. „Ich möchte Sie darum bitten, sie gebührlich zu behandeln."

Mir blieb nichts, als mich wütend hinzusetzen und die Arme vor der Brust zu verschränken. „Bitte sehr. Richten Sie, klagen Sie an, lügen Sie, verteidigen Sie. Unter diesen Umständen sage ich jedenfalls kein Wort mehr."

Von neuem erhob sich Tumult im Saal. Ich bemerkte, dass sich die beiden Schauspieler wieder gesetzt hatten und die auf sie gerichteten Scheinwerfer erloschen waren. Haifâ hingegen wurde in ihrer Ecke weiter angestrahlt; sie stand da, mit den funkelnden Augen einer Wildkatze. Der Mann in der ersten Reihe drehte sich zu den anderen um – der Ärmste wurde jedoch nicht angeleuchtet – und rief: „Bitte, beruhigen Sie sich doch! Warten Sie die Ansprache ab. Bedenken Sie bitte, dass Herr Doktor Alwân hierhergekommen ist, um eine Rede zu halten. Jedenfalls haben wir ihn das glauben gemacht. Es ist sein gutes Recht, von uns mit Achtung und Respekt behandelt zu werden, nachdem die Dinge für ihn eine solche Wendung genommen haben."

In das folgende Schweigen hinein erhob Haifâ erneut ihre Stimme. Ihre Worte hallten über das Mikrofon in alle Winkel des Saals: „Der Herr Vorsitzende hat eben erklärt, dass ich als Verteidigerin fungiere. Ich hingegen erkläre in aller Deutlichkeit: Ich stehe hier, um anzuklagen, genauer: um im juristischen Sinne Anklage zu erheben. Und in Kürze werde ich die Dame, die zur Linken des Angeklagten sitzt, in den Zeugenstand rufen."

Meine Begleiterin stand auf, ergriff das Bühnenmikrofon und erwiderte mit unsicherer Stimme: „Und was für eine Aussage erwarten Sie von mir? In dieser Komödie werde ich keine Zeugin spielen. Ich kenne euch alle, einen wie den anderen. Und falls Frau Sâi meint, den Angeklagten beschuldigen zu können, dann täuscht sie sich, und wenn sie sich für die Generalstaatsanwältin hält, dann heisst das nur, dass sie vollständig übergeschnappt ist. Und sollte sie irgendwann einmal ein Verhältnis mit Nimr Alwân gehabt haben, so möchte ich sie darum ersuchen, ihre schmutzige Wäsche nicht hier in diesem Saal auszubreiten. Soll sie doch woanders nach Nimr Alwân suchen, denn der Name dieses Mannes ..."

Sie beugte sich zu mir herab, hielt das Mikrofon vom Mund weg und fragte leise: „Âdil Tîbi – nicht wahr?", und obwohl ich den Kopf schüttelte, liess sie mir keine Zeit, meinen Namen zu sagen, sondern richtete sich wieder auf und verkündete: „Der Name dieses Mannes ist Doktor Âdil Tîbi! Wenn irgend jemand etwas gegen Âdil Tîbi vorzubringen hat, nur heraus damit! Bitte sehr!"

Eine Stimme erhob sich aus dem Publikum: „Wo ist dann bitte Doktor Nimr Alwân?"

„Er sitzt vor Ihnen, auf diesem Podium!" antwortete Haifâ hartnäckig aus dem Gang. „Erkennen Sie ihn denn nicht, Machmûd Hassan?"

Das Licht fiel wieder auf den berühmten Schauspieler, der sich diesmal nicht erhob, sondern sich mit der Antwort begnügte: „Nein, ich kenne ihn nicht. Nie gesehen."

„Und Sie, Sâmi Imâm, haben Sie nicht gegen ihn ausgesagt?"

„Tut mir leid, ich habe ihn noch nie gesehen", gab der andere zurück.

Da schrie Haifâ mit überkippender Stimme, als müsse sie ersticken: „Lügner! Ihr seid alles Betrüger und Verschwörer! Alle! Zum Teufel mit euch, euch allen!" Damit schleuderte sie das Mikrofon zu Boden. Das Licht erlosch. Sie rannte nach hinten, verschwand durch eine Tür und warf sie lautstark hinter sich zu. Tiefes Schweigen legte sich über alles; dann erlosch auch die Bühnenbeleuchtung. Als das Licht nicht wieder anging, wurde die Menge unruhig, ein nervöses Murmeln und Tuscheln breitete sich aus, das allmählich zu einem Getöse anschwoll. „Türen auf!" rief jemand, ein anderer: „Man will uns zum Narren halten!" Es herrschte wildes Durcheinander, die Leute verliessen ihre Plätze und fanden den Ausgang nicht. Ich glaube, sie fielen übereinander. In der stockdunklen Finsternis fühlte ich die Hand meiner Begleiterin in die meine schlüpfen. Sie zog mich energisch von meinem Platz weg und führte mich zur Seite, als könne sie in der undurchdringlichen Dunkelheit den Weg deutlich erkennen. Der Vorsitzende folgte mir, hielt sich an meinen Rockschössen fest und trat mir dabei auf die Hacken. Das letzte, was ich aus dem Saal hörte (oder kam es von draussen?), während wir schon einen schwach erleuchteten Gang erreicht hatten, war eine Salve von Schüssen, denen wieder tiefe Stille folgte. Danach ging auch das Licht wieder an.

„Das war nicht eingeplant", entschuldigte sich der Vorsitzende bei meiner Begleiterin.

„Du bist und bleibst ein Dummkopf", erwiderte sie scharf. Er nahm die Demütigung hin und antwortete kleinlaut: „Dieses Mal habe ich wirklich alles getan, damit Sie mit mir zufrieden sind."

„Verschwinde!" fuhr sie ihn unbarmherzig an. „Ich will deine widerliche Visage nicht mehr sehen. Scher dich zurück nach unten, zu deinesgleichen in den Stall, und bleib bei ihnen, bis du von mir hörst. Verstanden?"

Er stolperte davon wie ein geprügelter Hund mit eingeklemmtem Schwanz. Sie hielt mich bei der Hand fest, bis er durch eine Tür am Ende des Ganges verschwunden war. Dann führte sie mich zu einer Tür am anderen Ende, zog einen Schlüssel aus ihrer Handtasche, und wir betraten einen grossen erleuchteten Raum, wo uns eine Frau empfing, die ich im ersten Moment gar nicht erkannte.

„Gratuliere!" rief sie lachend und reichte mir die Hand. „Du warst grossartig!"

Ich hatte das Gefühl, eine Schlinge legte sich um meinen Hals, so perplex war ich. Es war Haifâ Sâi – oder die Frau, die noch vor wenigen Minuten behauptet hatte, Haifâ Sâi zu sein.

„Du warst Klasse", lachte meine Begleiterin und umarmte sie, „ganz grosse Klasse."

Immer noch prustend, als hätten wir gerade eine besonders unterhaltsame Komödie gesehen, wandte sie sich dann an mich: „Nimr Alwân? Âdil Tîbi? Mister X? Was ist dein richtiger Name, sag's uns endlich!"

Ich mochte ihr Vergnügen nicht teilen. Sie waren clever und gerissen, ich musste mich vor ihnen hüten – jedenfalls so lange, bis mir klar wurde, was hinter all dem steckte.

„Sag du mir erst mal, wie du selbst heisst! Ich weiss überhaupt nicht mehr, woran ich bin."

Das reizte die beiden nur noch mehr dazu, sich vor Gelächter geradezu auszuschütten, bis meine Begleiterin mich schliesslich erlöste: „Nenn mich, wie du willst. Haifâ, Lamyâ, Afrâ – Afrâ! Das ist ein schöner Name. Jawohl, mein Name ist Afrâ, und meine Freundin und Gegenspielerin hier heisst, wie du dich erinnern wirst, Haifâ."

„Gut, gut", gab ich wütend zurück, „dann nenn du mich auch so, wie du willst. Âdil Tîbi ist kein schlechter Name."

„Jedenfalls fürs erste", stimmte Haifâ zu, „auch wenn ich den Namen Nimr Alwân vorziehe. Nimr, Tiger ... der Name selbst lässt einen schon schaudern. Âdil dagegen, der Gerechte ..."

„Alles macht einen schaudern hier!" fuhr ich sie an. „Was waren das für Leute, die ihr in diesem düsteren Saal zusammengetrieben habt? Was soll diese Komödie?"

Afrâs Gesichtszüge veränderten sich (solange ich nicht herausbekam, wie sie wirklich hiess, blieb mir keine andere Wahl, als diesen Namen zu benutzen) und nahmen wieder ihre alte Schärfe und Grausamkeit an. „Komödie? Lass dich nicht von dem täuschen, was ich auf dem Podium gesagt habe. Willst du noch mehr von denen sehen, die wir zusammengetrieben haben, wie du es nennst? Komm her, schau nur!" Sie ging hinüber zu einem Vorhang, der die eine Zimmerwand vollständig verdeckte, öffnete ihn einen Spalt und spähte hinaus. „Komm her, schau!" wiederholte sie und zog den Vorhang noch ein Stück weiter zur Seite.

Ich spähte durch den Spalt und sah durch das grosse Fenster, das der Vorhang verdeckt hatte, auf eine weite Fläche hinab, dem Innenhof eines alten arabischen Hauses nicht unähnlich. Menschen, überall standen Menschen, hockten oder sassen auf dem Boden. Ich sah sie im Zwielicht des Mondes, der inzwischen aufgegangen war, die meisten aber befanden sich im Bereich der düsteren Schatten, die die hohen Mauern des Gebäudes herabwarfen. In diesem Augenblick strömte ein neuer Schub durch eine Tür an der Seite herein. Sie stiessen und schoben sich, wahrscheinlich wurden sie von hinten angetrieben wie eine Viehherde.

„Das ist dein Publikum von vorhin", kam Afrâ meiner Frage zuvor, „wir wollten ihnen ein wenig Unterhaltung und Kultur bieten."

„Du meinst, ihr wolltet sie ein wenig quälen?"

„Quälen? Komische Idee."

„Sie und mich!"

„Wirklich? Haben wir dich vielleicht einer hungrigen Meute vorgeworfen, die dein Blut sehen wollte?"

„So ungefähr."

„Es hat wirklich keinen Sinn mit diesen Leuten", meinte sie kopfschüttelnd zu ihrer Kollegin, „sie verstehen einfach hartnäckig alles falsch."

„Sie verstehen sogar genau das Gegenteil von dem, was man meint", ergänzte Haifâ, „auf der ganzen Linie."

„Sollen wir dich in den Stall führen und dich mit deinem Publikum bekannt machen?" fragte Afrâ mich in aller Unschuld.

„Mein eingekerkertes Publikum?"

„Doktor Âdil, Doktor Âdil, was redest du bloss? Warte nur eine Weile, dann wirst du sie wundervolle Lieder singen hören. Traurige Lieder, mag sein, aber du weisst ja, das sind die schönsten. Na, jedenfalls, wir haben Verpflichtungen. Wir werden dich ein wenig allein lassen. Da sind Zeitschriften, vertreib dir damit die Zeit, bis wir zurückkommen. Und hier ist ein Farbfernseher und ein Videorecorder, wenn du willst, und da sind Videokassetten."

Gott sei Dank, dachte ich, als sie den Raum verliessen, endlich allein. Ich werde hinuntergehen zu diesen Leuten und herausfinden, was es mit ihnen auf sich hat.

Ihre Stimmen und Schritte entfernten sich und verklangen. Ich wartete zwei, drei Minuten, ging dann zur Tür und öffnete sie. Sie führte in einen Gang, der vor zwei Türen endete. Ich versuchte eine davon zu öffnen und fand sie verschlossen. Die zweite ebenso. Entnervt ging ich zurück und warf mich in den wuchtigen Ledersessel. Seufzend schloss ich ein wenig die Augen und wünschte, wenn ich sie wieder öffnete, wäre alles anders.

Nein, nichts hatte sich im Zimmer verändert, als ich die Augen wieder öffnete. Ich eilte hinüber zum Vorhang und zog ihn beiseite. Vielleicht konnte ich ja die Leute da unten auf mich aufmerksam machen. Aber der Vorhang öffnete sich auf eine nackte Wand. Da war kein Fenster! Beinahe hätte ich den Kopf vor Verzweiflung gegen die Wand geschlagen. Unmöglich! Unmöglich! Ich klopfte sie mit den Händen ab – kein Zweifel, eine echte Wand. Wo also war das Fenster?

Die gegenüberliegende Wand wurde von genau dem gleichen Vorhang verdeckt. Ich lief hinüber und riss ihn zur Seite. Das Fenster! Mir wurde so schwindlig, dass ich mich am Stuhl festhalten musste, um nicht umzukippen. Doch ich nahm mich zusammen und blickte hinaus. Ich musste auf alles vorbereitet sein! Ich würde mich nicht noch einmal aus der Fassung bringen lassen, egal, was ich zu sehen bekam! Jetzt ging es nur noch darum, einen Ausweg aus diesem Schlamassel zu finden.

Draussen war alles dunkel. Nur hinter einigen Fenstern des Gebäudes brannte Licht. Das Zimmer schien im dritten oder vierten Stock zu liegen. (Ich musste also eine Treppe hochgestiegen sein, ohne es zu merken!) Mir schien, als schaute ich wie aus dem anderen „Fenster“ auf einen grossen Platz. Aber dieser hier war vollständig dunkel. Ich versuchte, in einem der erleuchteten Zimmer einen Menschen oder einen Gegenstand zu erkennen, vergeblich. Angestrengt lauschend versuchte ich, das „Publikum“, das ich noch vor wenigen Minuten gesehen hatte, wenigstens zu hören, mochten sie nun singen oder schreien. Aber das Glas schien undurchdringlich wie die Wand, und das Fenster liess sich nicht öffnen. Ich spürte den kühlen, feuchten Luftzug einer Klimaanlage.

Gereizt wandte ich mich zum Fernseher und drückte den Einschaltknopf. Auf dem Bildschirm erschienen Zuschauer, die einem Redner Beifall klatschten. Ich drehte am Lautstärkeregler, um zu hören, was er sagte. Verdammt! Der Lautsprecher war kaputt. Nur das stumme Bild eines Mannes, der sprach, gestikulierte und immer wieder vom Beifall seiner Zuhörer unterbrochen wurde. Offensichtlich ein weiterer Vortrag, aber erfolgreicher als meiner. Wütend nahm ich eine Zeitschrift von dem Tischchen und begann darin zu blättern. Kurz darauf gab der Fernseher ein Rauschen von sich. Dann veränderte sich das Bild, und der Ton kam wieder. Eine schöne Frau erschien – war es meine Aufseherin, meine Freundin Afrâ? Sie sah ihr sehr ähnlich, auch wenn ihr Haar diesmal lang und blond war. (Aber ich hatte ja gelernt, das Haar, das sich in einer halben Minute verändern liess, nicht zum Kriterium des Erkennens zu machen.) Sie hielt ihren Blick direkt in die Kamera gerichtet, direkt auf mich, um genau zu sein, denn ich spürte, wie mich ihr Blick durchdrang und beunruhigte.

„Sehr geehrter Zuschauer", begann sie, „Sie können die folgenden Szenen bequem von Ihrem Sessel aus als Fernsehübertragung verfolgen, oder aber live von Ihrem Fenster aus beobachten. Natürlich können Sie die Ereignisse auch gleichzeitig durch das Fenster und auf dem Bildschirm verfolgen. Sie werden dabei bemerken, dass die Nahaufnahmen im Fernsehen manchmal noch interessanter sind als die Betrachtung mit dem blossen Auge."

Rasch stand ich auf und blickte aus dem Fenster. Der

Platz glich nun einer grossen Bühne, auf die ich hinabsah wie aus einer Theaterloge. Scheinwerfer beleuchteten die Szene von allen Seiten, jedoch war kein Mensch zu sehen.

Auf dem Fernsehschirm das gleiche Bild, aber ich bemerkte etwas wie schwarze Ameisen, die von den Rändern her in das Theater einzudringen begannen. Vom Fenster aus sah ich eine grosse Anzahl Menschen (wo holten sie nur all diese Menschen her, Männer und Frauen jeden Alters?), die mühsam auf die Bühne kletterten, sich gegenseitig emporschoben, einander hochhalfen und gleichzeitig behinderten. Immer mehr kletterten hinauf, sie fanden kaum noch Platz und stiessen und schoben sich heftig, hoben die Arme und winkten. Einige drängten sich in das gleissende Licht und sprachen, wurden aber von anderen zur Seite gestossen, die ihren Platz einzunehmen und ihrerseits zu sprechen versuchten, bis die Bühne mit Schauspielern und Schauspielerinnen überfüllt war, die alle gleichzeitig sprachen, ein einziger langer Monolog. Sprachen? In Wahrheit gaben sie Laute von sich: Sie schrien, sangen und stöhnten, als hätten sie ihre Stimmen verloren, als könnten ihre Kehlen nur noch fremde, unverständliche Laute hervorbringen. Manche klangen wie das Muh einer Kuh, das Iah eines Esels, das Wau eines Hundes – aber das unartikulierte Geschrei überwog. All das hörte ich gleichzeitig durch das Fenster und aus dem Fernseher. Ich versuchte, wenigstens den Ton des Fernsehers abzudrehen, was aber nicht ging; er blieb unerträglich laut und scheusslich. Die Nahaufnahmen auf dem verdammten Bildschirm hielten genau auf die aufgerissenen, zuckenden Münder, aus deren Winkeln Speichel tropfte, die hervorquellenden Augen, aus denen Tränen schossen, und die verkrampften Finger, die über den Köpfen ins Leere griffen, auf der Suche nach etwas, woran sie sich festklammern könnten. Das Geschrei veränderte und überschlug sich, wurde lauter und schriller.

Mit beiden Händen hielt ich mir die Ohren zu, aber der schreckliche Lärm erfüllte immer noch meinen Kopf. Verzweifelt suchte ich nach einer Stange oder einem schweren Gegenstand, um damit das Fenster einzuschlagen. Vielleicht würde ein Scherbenregen auf die Schauspieler diesem grausigen Spektakel ein Ende bereiten. Ich fand nur einen Stuhl, hob ihn hoch und schleuderte ihn mit aller Kraft gegen die Scheibe. Das Glas trotzte dem Angriff und blieb unversehrt, die Stuhlbeine hingegen brachen ab und fielen zu Boden. Da ergriff ich eines und schmetterte es mit aller Kraft gegen den Fernseher. Die Röhre zerbrach, und das Bild verschwand. Die Stimmen aber blieben so laut und misstönend wie zuvor. Ich zog den Vorhang zu und kauerte mich in den schweren Ledersessel. Das Geschrei, das Muhen, Iahen und Bellen prasselten auf mich ein, wie die Meeresbrandung einen Schwimmer umtost, der unterzugehen scheint und doch nicht ertrinkt. Da entfuhr mir ein Schrei, der mir fast die Kehle entzweiriss. Gequält rollte ich mich in dem Sessel zusammen, hörte mich einen weiteren wahnsinnigen Schrei ausstossen, versuchte vergeblich, ihn zurückzuhalten. Beim dritten Schrei glaubte ich zu erstikken. Der Atem stockte mir, und ich wurde ohnmächtig, ich weiss nicht, für wie lange.

Als ich wieder zu mir kam, schienen mir meine Atemzüge ungemein laut. Ich hielt den Atem an: tiefe Stille, ein vollständiges Schweigen, gestört nur vom Geräusch der Klimaanlage. Aus einer Öffnung über der Tür wehte eine sanfte Brise zu mir herüber.

Der Fernseher schwieg, die Stimmen von draussen waren verstummt. Furchtsam und zögernd näherte ich mich dem Vorhang und zog ihn ein kleines Stück zur Seite. Durch das Fenster war nichts zu erkennen, nur die drei oder vier erleuchteten Fenster des Gebäudes. Unten war alles dunkel. Angestrengt starrte ich hinab und versuchte, auf dem Platz eine Spur der Bühne oder der Schauspieler zu erkennen. Aber da war nichts als tiefe Finsternis. Im Hals spürte ich einen scharfen Schmerz, vielleicht von meinen verzweifelten Schreien. Als ich gerade vom Fenster zurücktreten wollte, bemerkte ich, wie sich unten jemand bewegte. Ich war nicht sicher, was ich gesehen hatte, und hielt den Blick auf dieses Etwas, diesen Menschen, geheftet, der sich, wie mir schien, dicht an der Wand entlang bewegte.

Er gab mir ein Zeichen mit einer Taschenlampe. Der Lichtstrahl war sicher für mich bestimmt, denn er zielte auf mein Fenster, wanderte dann nach rechts und nach links und erfasste schliesslich mein an die Scheibe gepresstes Gesicht. Ja, ich war gemeint, er wollte mir etwas sagen.

„Was willst du?" rief ich ihm zu. „Sag, was willst du?"

Kein Laut drang zu mir durch, aber er bedeutete mir herunterzukommen, indem er den Lichtstrahl auf und ab wandern liess. So laut ich nur konnte rief ich: „Soll ich runterkommen?" und deutete dabei auf meine Brust, damit er mich verstand. Doch wie sollte ich hinabgelangen, auf welchem Weg? Die Lampe erlosch und liess mich geblendet zurück. Für einige Sekunden war ich ausserstande, in der vollkommenen Finsternis, die nun draussen herrschte, irgend etwas zu erkennen.

Entschlossen, das Haus zu verlassen, koste es, was es wolle, trat ich auf den Gang hinaus und wandte mich zur rechten Tür, die ich zuvor verschlossen gefunden hatte. Notfalls musste ich sie eben aufbrechen! Doch dieses Mal gab der Knauf nach, und die Tür öffnete sich. Ausgezeichnet! Da kam mir der Glatzkopf mit den goldenen Knöpfen entgegen. „Gott sei Dank!" rief er keuchend und eilte auf mich zu. „Endlich habe ich Sie gefunden! Ich wusste zwar, dass Sie irgendwo in diesem Trakt sein müssen, aber nicht, in welchem Zimmer. Deshalb habe ich alle Türschlösser in allen Gängen gleichzeitig entriegelt."

Ich verstand nicht wirklich, was er meinte. „Wie können Sie denn alle Schlösser auf einmal öffnen?" wollte ich wissen, während wir zusammen eine Treppe hinuntergingen.

„Vom Kontrollraum aus. Ich kann sämtliche Türen des Gebäudes per Knopfdruck öffnen oder schliessen. Und ich war sicher, dass Sie herauskommen würden, wenn Sie die Tür offen finden. Nun, Hauptsache …"

„Hauptsache was?"

„Sie sind in den Blauen Salon bestellt."

„In den Blauen Salon? Sind Sie ganz sicher? Bestimmt gibt es bei Ihnen auch einen roten und einen grünen Raum", setzte ich kichernd hinzu, „nachdem wir den schwarzen ja schon hinter uns haben …"

„Sparen Sie sich Ihren Spott, Doktor", unterbrach er mich ärgerlich, „und verhalten Sie sich gefälligst angemessen."

Er beschleunigte seinen Schritt. Widerwillig folgte ich ihm in den nächsten düsteren Flur, von dem immer mehr

Türen abgingen. „Bitte, Herr Doktor", sagte er und schob mich durch eine davon. Kaum hatte ich einige Schritte ins Innere gemacht, schlug er sie mit Nachdruck hinter mir zu. Ich befand mich wirklich in einem Raum mit blauen Wänden, blauer Decke und blauen Vorhängen. Beleuchtet wurde er von einer Lampe auf einem wuchtigen Schreibtisch und zwei Stehlampen, die in den Zimmerecken ihr Licht auf den Boden warfen. Dadurch wurde meine Aufmerksamkeit auf die kostbaren Kaschan-Teppiche gelenkt, die den Boden des Raumes schmückten. Ansonsten war er spärlich möbliert, aber recht geräumig. Zunächst hatte ich nicht bemerkt, dass in einer dunklen Ecke jemand auf einem Sofa sass. Plötzlich aber ging von dort eine seltsame Bewegung aus: Eine Hand schnellte in die Höhe und warf mit einer Taschenlampe einen hellen Lichtkreis an die Zimmerdecke.

„Erkennst du mich nicht?"

Für einen Moment war ich sprachlos. „Suâd?"

Sie trug ein schwarzes, knöchellanges Kleid, dessen weite Ärmel auf die Handgelenke fielen. „Was ist?" fragte sie, knipste die Lampe aus, erhob sich und kam auf mich zu. „Hast du etwa Angst?"

„Nein", antwortete ich, „es ist nur … ich bin so überrascht."

„Weil ich herausgefunden habe, wo du steckst?"

„Hast *du* mir vom Hof aus mit der Lampe Zeichen gemacht?"

„Wer denn sonst?"

„Und was soll dieses Kleid? Es sieht aus, als gingst du zu einer Beerdigung."

Sie lachte. Ein Lachen voller Selbstvertrauen. Sie wusste,

dass ich sie liebte. Wie oft hatte ich ihr versichert, von meiner Liebe zu ihr könnten mich nur ein Erdbeben oder eine Katastrophe erlösen. Sie warf die Lampe weg, ich nahm sie in die Arme und küsste sie auf den Mund, die Wangen und die Schläfen. Und da überkam mich mit einem Mal bleierne Müdigkeit. Vor Erschöpfung vermochte ich kaum noch zu stehen. Ich zog sie auf das breite Sofa herab und liess sie auf meinem Schoss sitzen.

„Âdil, mein Liebling“, hauchte sie mir ins Ohr und schlang die Arme um meinen Hals, „du bist müde. Oder hast du Angst?“

„Âdil? Hast du Âdil gesagt?“

„Nennen sie dich hier nicht so?“

„Suâd, bist du etwa auch auf ihrer Seite?“

„Niemals, mein Liebling. Ich bin immer auf deiner Seite.“ Sie streckte die Hand zum Schalter der Stehlampe neben dem Sofa aus. Die gesamte Beleuchtung des Raumes erlosch. Nur nahe bei mir glimmte noch ein schwaches rotes Licht.

„Du scheinst in diesem Raum gut Bescheid zu wissen“, stellte ich fest.

„Ich weiss alles.“

Sie legte mir wieder die Arme um den Hals und presste ihre Lippen auf meinen Mund, mit einer Gier, wie ich sie nur von mir selbst kannte. Suâd ergriff sonst nie die Initiative und zeigte sich meinen Zärtlichkeiten gegenüber immer abweisend, wenn auch nur für eine Weile, um mich noch stärker zu erregen. Als ich meine Hand auf ihre Brust legte, bemerkte ich eine Reihe grosser schwarzer Knöpfe, die vom Bauch bis zum Saum reichten. Langsam begann ich sie aufzuknöpfen, einen nach dem anderen. „Nein, nicht doch", kicherte sie. Der untere Teil ihres fliessenden Kleids glitt auseinander und gab den Blick auf ihre wundervollen Schenkel frei. Sie waren glatt, warm und köstlich. Sie zu berühren versetzte mich in einen Rausch – wie eine schnell wirkende Droge. Ich schlüpfte mit der Hand dazwischen und tastete mich an dem glatten, festen Fleisch nach oben. Aufreizend presste sie die Beine zusammen und flüsterte: „Nein, ich bitte dich, nicht doch ...", öffnete und schloss sie wieder, bis meine Hand an ihrem Unterleib angelangt war.

In diesem wundervoll schrecklichen Augenblick presste sie ihre Schenkel vehement zusammen, klemmte meine Finger ein und zerrte meine Hand fort. Dann sprang sie von meinem Schoss, baute sich vor mir auf und lachte. Lachte und lachte, und ich hockte wie betäubt vor ihr auf dem Sofa. Mit einem Handgriff schaltete sie die gesamte Beleuchtung wieder ein, und für einige Sekunden war ich so geblendet, dass ich kaum etwas erkennen konnte.

„So einfach lässt du dich reinlegen!" rief sie hämisch, hob schelmisch den Zeigefinger und begann mich zu schelten, wie ein Kind, das in die Hosen gemacht hat. „Wie kannst du so etwas machen, hm? Und so schnell! Hast du wirklich geglaubt, ich sei Suâd? Hast du dich nicht gefragt, wie Suâd mitten in der Nacht hierhergekommen sein sollte? Schämst du dich nicht vor dir selbst? Was meinst du, wenn Suâd wirklich hier wäre, hier in diesem Raum, hinter einem Vorhang, und gesehen hätte, was du mit mir machst?"

Ganz langsam stand ich auf. Eine unbändige Wut überkam mich. Am liebsten hätte ich mich auf sie geworfen und sie in Stücke gerissen. Mühsam beherrschte ich mich und versuchte, einen klaren Gedanken zu fassen, bevor ich ein Verbrechen beging. Es war dieselbe Frau, Afrâ, Lamyâ, wie auch immer. Ihr Kleid war unten noch immer weit geöffnet und gab den Blick auf ihre weissen Beine frei. Sie ähnelte Suâd überhaupt nicht, ausgenommen in ihrer hochgewachsenen, schlanken Gestalt.

Ich bewegte mich auf sie zu und spürte, wie sich meine Hände zu zwei Zangen zusammenkrallten, die ihren Hals packen würden. „Du elendes Dreckstück!“ stiess ich hervor. „Verdammte Hure, ich erwürge dich!“

„Nicht so schnell, ich bitte dich“, protestierte sie und wich zurück, „du verstehst mich völlig falsch.“

Mein Zorn wurde durch den unüberhörbaren Spott in ihrer Stimme nur noch weiter angefacht. „Widerliches Miststück, ich bring' dich um!“

„Spass verträgst du nicht, und Ernst auch nicht! Genug, genug, Nimr, Âdil, Doktor X ... Ende dieser Folge!“ Sie wich weiter vor mir zurück. Die Tür schwang hinter ihr auf, kaum dass sie sie erreicht hatte. Mit einem Schritt war sie draussen, und die Tür schlug vor mir wieder zu. Vergeblich versuchte ich sie zu öffnen, haute mit der Faust dagegen, erreichte aber nichts und tat mir nur selbst weh.

Rasend vor Wut trat ich mit voller Kraft gegen die Tür. Sie quälen mich. Ich weiss nicht, warum. Was wollen sie von mir? Meine Beine trugen mich nicht mehr. Ich sackte vor der Tür zusammen und kauerte mich auf den Teppich. Mühsam versuchte ich, bei Bewusstsein zu bleiben, nahm schliesslich alle meine Willenskraft zusammen und brüllte, so laut ich konnte: „Ihr Scheisskerle, lasst mich hier raus! Lasst mich hier raus!“ Mit dem Gesicht voran fiel ich auf den

Teppich, schmeckte Staub im Mund. Unfähig, mich zu bewegen, fühlte ich mein Herz wild gegen die Rippen pochen. Lange blieb ich so liegen, horche mit gespannter Aufmerksamkeit, um vielleicht eine Stimme hinter der Tür oder unter dem Fussboden zu hören. Aber ich höre nichts als mein eigenes, heftiges Keuchen. Das klingt nicht nach mir, sondern wie aus dem rauhen Schlund eines Tieres, und meine Verzweiflung wuchs und wuchs. Nach einer Weile liess das Keuchen nach, und mein Puls beruhigte sich. In meinem Körper breitete sich Ruhe aus, ich konnte den Kopf bewegen und die Beine ausstrecken, dann drehte ich mich auf den Rücken und entspannte mich vollständig. Wenn ich nur schlafen könnte! Vielleicht nickte ich sogar wirklich kurz ein.

Dann bewegte sich das Türschloss, und ich spürte, wie jemand vorsichtig die Tür zu öffnen versuchte. Aber weil ich davor lag, stiess er gegen mich. Ich kroch auf dem Boden von der Tür weg, bis sie aufging.

„Hier sind Sie! Auf dem Fussboden? Wieso schlafen Sie denn auf dem Fussboden, Doktor? Wir haben Sie warten lassen. Tut mir leid, tut mir wirklich leid.“ Der Mann mit den goldenen Knöpfen beugte sich herab und bot mir seine Hand an, um mir beim Aufstehen zu helfen.

„Lassen Sie mich in Ruhe“, sagte ich mit einer Stimme, so schwach, dass ich sie selbst kaum hören konnte, „lassen Sie mich.“

„Na, nun mal los. Bitte, stehen Sie doch auf.“

„Lassen Sie mich.“

„Kommt nicht in Frage. Geben Sie mir Ihre Hand, Doktor. Sind Sie gestürzt? Haben Sie Schmerzen?“ Er richtete mich auf und begann, mir sorgfältig den Staub von Brust und Schultern zu klopfen. In der Tür bemerkte ich einen zweiten Mann, der uns beobachtete.

Der mit den Goldknöpfen drehte sich zu ihm um. „Treten Sie doch bitte ein, gnädiger Herr", forderte er ihn überaus respektvoll auf, „es scheint, als sei Doktor Nimr aus irgendeinem Grund gestürzt. Vielleicht ist er ja ohnmächtig geworden."

Als der Mann hereinkam, erkannte ich den Vorsitzenden der Veranstaltung, den meine „Freundin" nach dem Ende der „Vortrags"-Komödie so unbarmherzig gedemütigt und weggejagt hatte. Er schien wie ausgewechselt: Ernst und voller Selbstbewusstsein versuchte er mir den Eindruck zu vermitteln, er sei viel wichtiger, als ich ahnen konnte. Ohne mich eines Blickes zu würdigen, ging er zum Schreibtisch und nahm dahinter Platz. Er setzte sich in Positur, als wollte er zeigen, dass er es gewohnt war, Versammlungen und Diskussionen zu leiten. „Mach das Licht an!" befahl er und deutete mit dem Finger auf meinen Begleiter. Dann öffnete er eine der Schubladen, holte einen Stapel Papiere hervor und zog die Lampe zu sich heran, um mehr Licht zu haben. Mein Begleiter befolgte derweil seinen Befehl und betätigte den Wandschalter. Grelles Licht durchflutete den Raum.

„Bitte, setzen Sie sich hierher!" forderte er mich auf und führte mich zu einem Stuhl mit gerader Lehne, der dicht beim Schreibtisch stand. Ich betrachtete den Vorsitzenden, und zum erstenmal war mir, als kennte ich ihn. Als kennte ich ihn seit langer Zeit. Oder bildete ich es mir nur ein, weil ich so durcheinander war? War das nicht – verdammt, ich konnte mich nicht an seinen Namen erinnern! Als er schliesslich zu mir aufsah, fragte ich ihn: „Sind Sie nicht … ach, ich kenne Sie doch …“

„Wir haben uns auf dem grossen Platz getroffen.“

„Aber Ihr Name …“

„Spielt keine Rolle, Doktor Nimr. Worum es geht …“

„Nein“, unterbrach ich ihn, „es ist sehr wichtig, dass ich mir Gewissheit darüber verschaffe, wer Sie sind.“

Er schüttelte den Kopf und verzog die Lippen zu einem geringschätzigen Lächeln. „Wer ich bin? Wir befassen uns hier mit Ihnen. Wollen Sie die Dinge etwa auf den Kopf stellen?“

„Sie befassen sich mit mir? So wie Ihre geschätzte Chefin gerade eben?“

„Halten Sie den Mund!“ brüllte er mich wütend an. „Sie phantasieren!“

„Haben Sie nicht gesehen, wie sie hier aus diesem Raum geflüchtet ist? Und Sie da, Sie mit den Knöpfen, ist sie Ihnen nicht auf dem Weg hierher begegnet?“

„Er phantasiert“, meinte der mit den Knöpfen, der wieder neben mir stand. „Als wir gekommen sind, war hier niemand ausser ihm.“

„Ich weiss“, antwortete der Vorsitzende, „das Problem bei ihm ist, dass er eine sehr lebhafte Phantasie besitzt und sich schnell etwas einbildet. Hören Sie, Doktor, zu Ihrer Beruhigung: Ich bin Asâm Abu Haur*. Haben Sie diesen Namen schon einmal gehört?“

* Arab. *Abu:* Vater, häufig Teil arabischer Eigennamen; verweist als erster Teil eines Spitz- oder Beinamens auf eine für den Benannten typische Eigenschaft oder Sache; arab. *Haur:* Zerstörung, Vernichtung, Zusammenbruch, auch Bezeichnung für ein stehendes, sumpfiges Gewässer.

„Asâm Abu Haul*? Nein, ich glaube nicht."

„Abu Haur … mit R. Sind Sie nun beruhigt?" Damit klopfte er auf die Papiere vor sich und fuhr fort: „Also, mit dem ersten Punkt wären wir fertig. Nun zum zweiten."

Es erübrigt sich wohl zu sagen, dass ich mit meinen Nerven am Ende war. Widerwille erfüllte mich, ich fühlte mich elend und war absolut nicht daran interessiert, was dieser Hochstapler (denn ich war mir sicher, dass er etwas darzustellen versuchte, was mit seiner wirklichen Persönlichkeit nichts zu tun hatte. Möglicherweise hatte er eine Rolle zu spielen, die er selbst nicht verstand, vielleicht auch nicht verstehen wollte. Aber nach dieser Demütigung durch eine schöne, hinterhältige Frau, die nicht gezögert hätte, einen respektheischenden Mann wie ihn wenn nötig zu ohrfeigen, gab es für mich nichts mehr, womit er seine verlorene Ehre hätte wiederherstellen oder Eindruck auf mich machen können) – also, es interessierte mich überhaupt nicht, ob dieser Typ Punkt eins, zwei, drei oder vier aufzählte, als sei er der Herr der Vernunft und der Logik in diesem Blauen Salon … blau ohne jeden Sinn und Zweck. Soll er doch sagen, was er will, dachte ich. Mochte sein Name nun Abu Haur oder Abu Haul oder Abu Baul** sein, ich würde mit ihm über gar nichts mehr sprechen, bis sich mir eine Tür öffnete, durch die ich aus eigenem Willen hinausgehen könnte.

* Arab. *Haul:* Schrecken; Abu (al-)Haul: arabischer Name für den Sphinx von Giseh.

** Arab. *Baul:* Urin.

Er schien zu spüren, welche Gefühle mich bewegten, kniff die Augen zusammen und schaute mich scharf an. Dann plötzlich entspannten sich seine Züge, er nahm eine Zigarre aus einer prächtigen Schatulle und bot sie mir an. Ich steckte sie zwischen die Lippen, nahm das ebenfalls angebotene Feuerzeug und zündete sie an. Dann reichte ich ihm das Feuerzeug zurück, er steckte es in die Tasche seines Jacketts und wandte sich mit einem gekünstelten Lächeln an den Mann, der noch immer hinter mir stand: „Bring uns Kaffee, Alîwi.“ Kaum war Alîwi hinausgegangen, bedachte er mich für einige Sekunden mit seinem falschen Lächeln. Ich blies den Rauch der Havanna aus und machte mich darauf gefasst, eine philosophische Abhandlung über mich ergehen zu lassen.

„Der zweite Punkt, um den es geht, ist zwar durchaus nicht das Wichtigste, was ich Ihnen zu sagen habe. Aber wir sollten die Reihenfolge beachten. So können wir präzise vorgehen und alles Punkt für Punkt klären. Mir kommt es vor allem darauf an, jedes Durcheinander zu vermeiden. Wie soll ich mich gegenüber jemand anderem klar ausdrücken, wenn ich selbst durcheinander bin? Sie können nicht etwas erklären, ohne es zuvor selbst zu verstehen. Sonst gleichen Sie jemandem, der in Rätseln spricht, und zwar nicht, weil er besonders weise wäre, sondern weil er Ihnen weiszumachen versucht, seine Gedanken seien so tiefsinnig, dass man sie nur unter grossen Schwierigkeiten vermitteln könne. Folgen Sie mir? Nehmen wir zum Beispiel einmal an, Sie sollten ein Buch oder eine Studie über ein Thema schreiben, mit dem Sie nicht vertraut sind. Was würden Sie tun? Sie konsultieren alle verfügbaren Quellen. Gut. Und wenn es nur wenige und vereinzelte sind, dann halten Sie sich an dieses wenige und holen heraus, was Ihnen zumindest ein Stück weiterhilft. Was aber tun Sie, wenn Sie feststellen müssen, dass keines der Bücher, die Sie heranziehen, Ihr Thema auch nur erwähnt? Das heisst, wenn Sie und Ihre Mitarbeiter keinerlei Quellengrundlage haben? Dann gibt es nur zwei Möglichkeiten: Entweder Sie lehnen den Auftrag ab und schreiben überhaupt nichts. Oder aber – achten Sie bitte auf meine Worte – Sie erfinden einfach selbst etwas, so wie Sie es sich eben denken. Vielleicht behaupten Sie anschliessend, ihre Ergebnisse aus bestimmten (natürlich fiktiven) Quellen erschlossen zu haben, oder aber Sie denken sich einfach alles aus, stoppeln zusammen, was Ihnen so einfällt, und pfeifen auf all die angeblichen Quellen. Und genau das ist es, was uns täglich begegnet: Lügen und Fälschungen oder, wenn Sie eine schmeichelhaftere Bezeichnung vorziehen, Erfindungen ... Sie können mir nicht mehr folgen?" Er wartete offenbar auf eine Reaktion.

„Ja?"

„Sie können mir nicht mehr folgen?"

„Doch, doch ... ich bitte Sie, fahren Sie fort." Ich zog an der Zigarre und klopfte die Asche achtlos auf den Teppich.

„Diese Papiere sind ein Beispiel dafür, was ich meine." Er hob das Bündel vor sich kurz hoch, damit ich einen Blick darauf werfen konnte. „Nein, ich werde Sie nicht belästigen und Ihnen daraus vorlesen. Ich will Sie auch nicht damit belasten, sie Ihnen zur Lektüre mitzugeben. Sie sind hier, als Beweis, als Dokument. Wir beginnen heute zu erkennen, welche enorme Bedeutung die Kunst der Dokumentation für unser soziales, politisches und geistiges Leben hat. In dieser Anhäufung von Wörtern und Papieren steckt Geschichte, und es liegt an uns herauszufinden, wie wir aus all der vergossenen Tinte etwas Nützliches für unsere und künftige Zeiten gewinnen können. Entschuldigen Sie, das meine ich natürlich im übertragenen Sinne. Wie Sie sehen, handelt es sich bei den meisten dieser Papiere um Fotokopien, und Erfindung, ja sogar Schöpfergabe machen einen wesentlichen Teil davon aus. Ja, wir ahmen hier beinahe den erhabenen Schöpfer nach, denn von Zeit zu Zeit erschaffen wir Dinge aus dem Nichts ... Ah, der Kaffee!"

Ich hatte kein Wort verstanden. In meiner unbequemen Haltung auf dem Stuhl mit der senkrechten Lehne hatte ich die meiste Zeit nicht seine Augen, sondern die Bewegungen seiner Lippen verfolgt. Insgeheim fragte ich mich, ob seine strahlend weissen Zähne echt waren. Wohl kaum. Sie leuchteten wie Perlen – künstlich, kein Zweifel. Ah, der Kaffee! Und dazu noch ein Glas Wasser. Alîwi, der mit den Goldknöpfen, servierte mit einem Silbertablett, das ebenso glänzte wie seine Glatze. Ich stellte die Kaffeetasse auf den Schreibtisch und trank das Wasser in einem Zug aus. Derweil reichte Alîwi Abu Haur die andere Tasse und flüsterte ihm etwas ins Ohr. Der Angesprochene schwieg zunächst, und es schien, als zögere er mit der Antwort. Schliesslich erwiderte er mit gedämpfter Stimme: „Keine Einwände."

Alîwi kam zu mir herüber, zog einen dicken Umschlag aus der Westentasche, überreichte ihn mir und ging hinaus. Ich trank ein, zwei Schlucke von meinem Kaffee. Nach dem kalten Wasser, das ich hinuntergestürzt hatte, erschien er mir wie ein köstliches Elixier. Ich betrachtete den Umschlag und nahm einen weiteren Schluck. Abu Haur begann wieder zu reden, in der Hand die Tasse, aus der er hin und wieder einen Schluck trank, ohne mir Zeit zu lassen, den Umschlag zu öffnen und den Inhalt zu lesen. Ich legte ihn auf den Schreibtisch. „Doktor Âdil Tîbi" stand darauf, aber die beiden ausradierten Worte „Nimr Alwân" waren darunter noch immer deutlich zu erkennen. „Âdil Tîbi" war offensichtlich eine nachträgliche Korrektur.

„Natürlich werden wir manchmal von unvorhergesehenen Ereignissen überrascht", fuhr Abu Haur fort. „Tagelange Vorbereitungen, und dann bricht plötzlich ein Sturm los, der all unsere Planungen durcheinanderwirbelt wie der Wind die verdorrten Blätter. Aber selbst diese plötzlichen Unwetter sind Teil des festgelegten Plans oder, wenn Sie so wollen, des Spiels. Dabei will ich mit dem Begriff ‚Spiel' keineswegs sagen, dass wir unsere Zeit etwa mit blossen Zerstreuungen zubringen. Das Spiel, um das es hier geht, ist eine ernste Sache. Wie das Schachspiel erfordert es eine Mischung aus Intelligenz und List. Sie müssen zugleich tollkühn und gerissen sein, denn wenn Sie dieses Spiel verlieren, kann es Sie Ihren Kopf kosten. Jawohl, Ihren Kopf, und das meine ich dieses Mal nicht im übertragenen Sinne. Ich hoffe, Sie werden später ein paar Minuten Zeit finden: Alîwi möchte Ihnen gern die Ehrengalerie zeigen. Die Namen derer, die das Spiel gespielt und verloren haben, finden Sie dort aufs schönste verewigt. Es ist ein wundervoller Raum. Wir haben darin, aufs prächtigste kalligraphisch gestaltet, viele jener Weisheiten aufgezeichnet, derer sich unsere Tradition rühmt. Wir wollen sie im Bewusstsein der Menschen lebendig halten, zur Erinnerung und zur Lehre. Seit neuestem beschäftigen wir drei bekannte Kunstmaler, die

Porträts der bemerkenswertesten ‚Verlierer' anfertigen, sehr schöne Ölgemälde, die in chronologischer Reihenfolge aufgehängt werden. Sie arbeiten nach ganz normalen Fotografien, vergrössern sie und schaffen daraus wahre Meisterwerke. Es ist wirklich ein erhebender Anblick, diese Bilder zu betrachten und sich in die Gesichtszüge derer zu versenken, die etwas gewagt und dabei ihren Kopf verloren haben. Doch sie werden im Gedächtnis all jener bleiben, die ihr Andenken bewahren wollen – die Erinnerung an ihre Abenteuer, ihre Fehler, ihr Ende ..." Mir schien, als würde Asâm Abu Haur mit seinen weitschweifigen Ausführungen so schnell nicht mehr aufhören. Er fand offensichtlich Gefallen daran, seine Gedanken vor mir auszubreiten, und merkte dabei nicht, dass ich vollkommen geistesabwesend war und kaum etwas mitbekam.

„Verzeihen Sie, Herr Abu Haur", unterbrach ich ihn, „aber ich habe gerade einen Brief bekommen. Meinen Sie nicht, ich sollte ihn öffnen und nachsehen, was darin ist?"

Es gefiel ihm überhaupt nicht, dass ich seinen Gedankenfluss unterbrach und ihn von seinem rhetorischen Höhenflug zurück in die banale Gegenwart zerrte. „Der Brief?" fragte er irritiert. „Ach ja, der Brief!" Sein Gesichtsausdruck verdüsterte sich. „Alîwi sagte mir, er sei dringend", setzte er hinzu. „Verzeihen Sie bitte, Herr Doktor, wir sind ins Reden gekommen. Bitte, öffnen Sie ihn."

Ich drückte den Zigarrenstummel im Aschenbecher aus und nahm den Brief vom Schreibtisch. Kaum hatte ich den Umschlag aufgerissen, da erloschen plötzlich alle Lichter – selbst das gedämpfte rote Licht, das meine vergebliche Annäherung an Afrâ beleuchtet hatte. Das war Absicht!

„Sie haben das Licht ausgemacht!" rief ich. „Sie wollen nicht, dass ich den Brief lese!"

„Nicht doch", antwortete er von seinem Platz, „das ist bestimmt ein Stromausfall. Obwohl das selten vorkommt. Ausserdem haben wir für solche Fälle einen Generator."

„Wo ist Ihr Feuerzeug? Machen Sie es an, damit wir hier rausfinden."

„Mein Feuerzeug? Ich habe kein Feuerzeug."

„Merkwürdig! Haben Sie mir nicht vor ein paar Minuten Ihr Feuerzeug gegeben, damit ich mir die Zigarre anzünde?"

„Keineswegs. Sie haben bestimmt selbst ein Feuerzeug – oder vielleicht Streichhölzer?"

„Ich habe weder ein Feuerzeug noch Streichhölzer", gab ich wütend zurück, „dieses Spielchen ist vollkommen überflüssig." Ich stand von meinem Stuhl auf und versuchte mich zu erinnern, wo sich der Vorhang befand, um ihn aufzuziehen. Er musste genau hinter Abu Haur sein. Da sagte Abu Haur, als könne er meine Gedanken lesen: „Der Vorhang ist hinter mir. Aber dahinter befindet sich kein Fenster. Wie in den meisten Räumen. Sehen Sie!"

Ich hörte, wie er seinen Stuhl zurückschob und den Vorhang zur Seite zog, ohne dass sich etwas veränderte. Dann erinnerte ich mich an die Taschenlampe, mit der mich meine Begleiterin in diesem Raum empfangen hatte. Sie hatte die Lampe nicht vom Sofa genommen, als sie vor mir geflohen war. Vorsichtig wich ich zurück ins Dunkel, in die Richtung, wo ich das Sofa vermutete. Es musste sich etwa fünf oder sechs Meter hinter mir befinden. Ich fand es und tastete die weichen Polster mit beiden Händen nach der Lampe ab.

Dann kniete ich mich hin und untersuchte den Boden auf der ganzen Länge des Sofas. Vielleicht war die Lampe heruntergefallen, als die Frau von meinem Schoss gesprungen war. Plötzlich berührte meine Hand den Schuh einer Person, die neben mir stand.

„Ah, haben Sie die Lampe gefunden?" fragte ich.

„Welche Lampe? Behalten Sie die Nerven, Doktor. Ich werde versuchen, die Tür zu finden und zu öffnen, und dann gehen wir gemeinsam hinaus."

Ich setzte mich auf das Sofa und erwiderte: „Selbst wenn Sie die Tür finden sollten, ist sie bestimmt verschlossen. Haben Sie einen Schlüssel? Bestimmt nicht. Ausserdem sind sie meistens noch zusätzlich elektronisch verschlossen."

Abu Haur antwortete nicht, aber ich hörte, wie er sich bewegte und die Tür schliesslich fand. Er zog und rüttelte am Türgriff, aber sie öffnete sich nicht. „Zum Teufel mit dir", hörte ich ihn murmeln, „zum Teufel mit dem, der dich abgeschlossen hat." Dann begann er mit den Fäusten gegen die Tür zu schlagen.

„Immer mit der Ruhe", rief ich ihm zu, „behalten Sie die Nerven, Wertester, wie Sie es mir geraten haben. Wozu der Lärm? Warum kommen Sie nicht herüber? Die Polster sind bequem, setzen Sie sich und erzählen Sie mir Ihre Lebensgeschichte, bis der Herr uns erlöst."

„Mein Leben?" drang seine Stimme erregt zu mir. „Die reinste Hölle, von Anfang bis Ende. Wissen Sie, Herr Doktor, das billigste am Leben ist der Tod. Aber ich muss diesen Hundesohn ertragen ... Ich bin absolut sicher, dass dieser widerwärtige Alîwi dahintersteckt."

„Alîwi? Der arme Kerl mit seinen Goldknöpfen?"

„Lassen Sie sich nicht durch seine Unterwürfigkeit täuschen. Er ist wie eine Schlange unterm Stroh. Dieser Mistkerl will meinen Posten. Dafür würde er seinen Vater umbringen. Er intrigiert gegen jeden hier im Amt, Frau oder Mann, völlig egal. Nehmen Sie sich vor ihm in acht. Behandeln Sie ihn, wie er es verdient. Spucken Sie ihm ins Gesicht, und geben Sie ihm dann noch ein paar Piaster, um ihn nochmals zu demütigen. Ach, das hat keinen Sinn mit dieser Tür. Wo sind Sie?“

Er tastete sich heran, bis er mir geradezu in die Arme fiel. Ich schob ihn zur Seite, und er liess sich keuchend und stöhnend auf dem Sofa nieder. Obwohl er ganz dicht bei mir sass, fühlte ich mich weit weg von ihm. Das war auch gut so, denn der Gedanke, ihn zu berühren, machte mir angst. Jetzt fühlte ich mich endlich wieder vollkommen ruhig und wollte es auch bleiben. Vielleicht könnte ich so meine Lage ertragen, ohne immer wieder die Nerven zu verlieren. „Der Gefangene und sein Wärter ...“, murmelte ich spöttisch und hob dann die Stimme: „Wer hat noch mal gesagt: *Not beschert einem Mann seltsame Bettgenossen?*“

Er antwortete nicht. Nach einer Weile liess sein Keuchen nach, schliesslich hörte es ganz auf. Ich war dankbar für sein Schweigen und schwieg ebenfalls. Ob er sterben wollte? Was, wenn er jetzt stürbe, in der Finsternis, gleich neben mir? Nach einer Weile, als er sich überhaupt nicht mehr bewegte, tastete ich mit den Fingerspitzen nach seinem Arm. Er sass noch immer da, gab aber keinen Laut von sich. Er hatte gesagt, was er zu sagen hatte, und Schluss. Und Schluss? Panik erfasste mich. Und wenn er nun einen Herzschlag erlitten hatte? „Abu Haur“, rief ich, „Abu Haur!“

und griff nach seinem Arm. Da ertönte ein Schnarchen, laut wie das Schnauben eines Stieres. Jedenfalls hatte er sein Leben noch nicht ausgehaucht.

Nach einer langen Zeit – ich versuchte unterdessen vergeblich zu schlafen – ging das Licht im Raum wieder an. Für einige Sekunden war ich von der plötzlichen Helligkeit geblendet. Dann erkannte ich, dass es sich eher um einen geräumigen, langgestreckten Saal handelte, prächtig eingerichtet und, wie es sich für einen Blauen Salon gehört, vollständig blau, von der Decke über die Wände und die Vorhänge bis zu den Möbeln. Abu Haur schlief fest. Sein Kopf war auf die Brust gesunken, und sein leises Schnarchen klang so gleichmässig wie sein Atem. Ich rüttelte ihn an der Schulter. Der Rhythmus seines Schnarchens änderte sich sofort, er sackte zur Seite und fiel, weiterhin tief schlafend, der Länge nach auf das Sofa. Ich stand auf und ging zum Schreibtisch. Der Umschlag, dessen Inhalt ich lesen wollte, lag noch immer dort. Darin befand sich ein dicht beschriebenes, mehrfach gefaltetes, grossformatiges Blatt. Ich brannte darauf, es zu lesen, bevor wieder einer jener „Stürme" über mich hereinbrach, von denen Abu Haur gesprochen hatte.

„Sehr geehrter Herr Doktor Nimr Alwân", las ich, „wir, die Unterzeichneten, setzen Sie davon in Kenntnis, dass wir Sie mit grösster Dringlichkeit erwarten. Glauben Sie kein Wort von dem, was Sie im Blauen Salon hören oder sehen. Kommen Sie schnell. Schnell!" Der Rest des Bogens war bedeckt mit einer Unzahl von Unterschriften, von denen ich keine einzige entziffern konnte. Eng untereinandergesetzte verschnörkelte Unterschriften, mit verschiedenen Stiften geschrieben, blau, schwarz und rot. Sie erinnerten mich an jene „Resolutionen", die die Bürgermeister früher den hohen Staatsbeamten überreichen liessen, um zu beweisen, dass Hunderte von Männern mit ihren Familien hinter ihren „gerechten" Forderungen stünden. Zweifellos ein weiterer Trick Alîwis. Diese Schlange, dieser schlaue Fuchs hatte wirklich einen seltsamen Humor. Wenn er wiederkam, würde ich ihn nach dem Zweck dieses riesigen Papiers fragen und was ich damit anfangen solle. Wo ich denn hingehen solle, zu jenen, die mich angeblich so dringend erwarteten? Kein besonders origineller Witz.

Um meiner Geringschätzung für diese Art Humor Ausdruck zu verleihen, zerriss ich den Brief und häufte die Fetzen auf den Schreibtisch.

Ich schaute hinüber zu Abu Haur, der noch immer schnarchte. Hat der ein Glück! dachte ich, und mir wurde klar, dass mit ihm nicht mehr zu rechnen war. Ich erwog, es erneut mit der Tür zu versuchen, liess den Gedanken aber wieder fallen. Vielleicht sollte ich besser den Vorhang aufziehen, wie in dem vorherigen Raum. Aber dann fiel mein Blick auf den Stapel Papiere unter der Leselampe. Ich streckte meine Hand danach aus und begann zu lesen. Bestimmt waren das ihre Berichte über mich.

Glattes, meist ordentlich mit der Schreibmaschine beschriebenes Papier, wie er gesagt hatte. Es schien sich grösstenteils um Fotokopien zu handeln. Aber sie waren nicht auf arabisch oder englisch geschrieben. Auch nicht auf französisch. Ich wusste nicht, was das für eine Sprache war. Es war auch kein Russisch oder irgendeine andere slawische Sprache, denn deren Alphabet kenne ich. Es waren lateinische Buchstaben, aber ich verstand kein einziges Wort. Rasch blätterte ich den Stapel durch. Alles war in dieser seltsamen – künstlichen? – Sprache abgefasst. Ich schleuderte die Papiere auf den Boden, ging zu dem Vorhang hinüber und zog ihn ganz auf. Hatte ich es doch geahnt! Auf dem letzten Stück verdeckte er eine blau gestrichene Tür! Die Klinke war, obwohl ebenfalls blau, deutlich zu erkennen. Armer Abu Haur! Ob auch er ein Fremder in dieser Institution war, der ihre Geheimnisse nicht kannte? Eine Drehung des Knaufs und die Tür sprang auf.

Ich betrat den nächsten Raum. Er sah aus wie das Wartezimmer einer Arztpraxis. Entlang der grellweissen Wände standen Bänke für die Patienten. Zur Zeit war aber niemand da. An den Wänden hingen Bilder von stillenden Müttern mit rosigen Wangen und von fetten Siamkatzen mit violetten Schleifchen um den Hals. Bestimmt war es das Wartezimmer einer Arztpraxis! Ob der Blaue Salon das Behandlungszimmer war? Oder führte die Tür auf der gegenüberliegenden Seite dort hinein? Entschlossen ging ich darauf zu und öffnete sie.

Ein weiterer Raum, ebenfalls mit weissen Wänden, aber bar jeder Einrichtung. Nur ein Stuhl, auf dem ein gutaussehender junger Mann im weissen Kittel sass und ein Buch las. War das der Arzt? Oder ein Krankenpfleger?

Er sah auf und schien sehr überrascht, mich zu sehen. Aber er blieb sitzen und fragte: „Wollen Sie den Herrn Doktor sehen?“

„Welchen Doktor?“ fragte ich zurück.

Das überraschte ihn erst recht: „Sie kommen her, ohne zu wissen, zu welchem Arzt Sie wollen?“

Versuchen wir's mal, dachte ich. „Ist Herr Doktor Nimr Alwân anwesend?"

„Herr Doktor Nimr Alwân ist sogar sehr anwesend", erwiderte er lächelnd und klappte sein Buch zu, „er steht nämlich genau vor mir. Vor zwei Stunden habe ich Sie noch im Fernsehen gesehen, Doktor. Soll das ein Test sein?"

„Keineswegs ... und Sie, sind Sie Arzt oder ...?"

„Ja, ich bin Arzt. Aber es ist mir seit einigen Monaten verboten, diesen Beruf auszuüben. Sehen Sie den weissen Kittel hier? Ich trage ihn bewusst weiterhin, um mich stets an meine Pflicht gegenüber der geschundenen Menschheit zu erinnern." Er erhob sich von seinem Stuhl, kam mir entgegen und forderte mich auf, mich zu setzen.

„Ich bitte Sie", entgegnete ich, „bleiben Sie doch sitzen."

„Ich habe genug vom Sitzen. Ich habe genug vom Warten. Wissen Sie, wer sich in dem Raum hinter dieser Tür dort befindet?"

Ich bemühte mich um einen ernsthaften Ton: „Die geschundene Menschheit?"

„Nicht in diesem Raum. Auch nicht auf diesem Stockwerk", antwortete er genauso ernst, „mir scheint, Sie sind in die Irre gegangen."

„Ein wenig."

„Eigentlich seltsam, wo doch an allen Türen Schilder angebracht sind."

„Schilder? Ich habe kein einziges Schild gesehen, das mich dahin geführt hätte, wo ich hin wollte."

„Nun, wir leben im Zeitalter der Technologie. Auch die Informationen werden durch Symbole verschlüsselt. Sie müssen diese Symbole zunächst einmal erkennen, sie genau betrachten und dann den Pfeilen sowie den grünen, gelben und roten Lichtern folgen. So gelangen Sie ganz sicher an Ihr Ziel."

„Und wenn man die Zeichen gar nicht kennt und auch nicht weiss, wo man hin will?"

„Haha! Dann möge Gott Ihnen beistehen. Aber wozu sorgen Sie sich, Herr Doktor? Früher oder später werden Sie schon an Ihr Ziel gelangen. Instinktiv wollen Sie nämlich an einen ganz bestimmten Ort, aber Ihr Bewusstsein wagt nicht, ihn zu benennen. Das heisst, Sie täuschen Ihr angebliches Unwissen nur vor. Eine völlig legitime Täuschung, denn sie erspart Ihnen eine Menge unnötigen Ärger ... Ich weiss übrigens recht viel über Sie, obwohl Sie und Ihr Name mir heute abend zum erstenmal begegnet sind."

„Sehr merkwürdig. Sie sind offenbar klüger als ich."

„Keineswegs. Sehen Sie dieses Buch?" fragte er und hielt es mir so hin, dass ich den Titel lesen konnte: *Das Bekannte und das Unbekannte.*

„Dieses Buch habe ich noch nie gesehen."

„Es enthält einen ganzen Abschnitt über Sie."

„Sie meinen, einen ganzen Abschnitt über Nimr Alwân."

„Genau. Ich habe gerade noch darin gelesen, als Sie hereinkamen. Wirklich ein seltsamer Zufall!"

„Und wenn ich Ihnen nun sage, dass ich gar nicht Nimr Alwân bin?"

„Das ist völlig unwichtig!"

„Du meine Güte!"

„Entscheidend ist, dass ich, Doktor Râssim Isat, davon überzeugt bin, dass Sie Nimr Alwân sind. Wären Sie es nicht, dann stünden Sie jetzt nicht vor mir hier in diesem

Raum. Ausserdem weiss ich wirklich nicht, warum Sie es abstreiten, Doktor. Schauen Sie sich das Foto an!“ Er schlug das Buch auf, blätterte bis zu einer bestimmten Abbildung und hielt sie mir so hin, dass ich sie gut sehen konnte. „Lesen Sie die Bildunterschrift: Doktor Nimr Alwân!“

Ich riss ihm das Buch aus der Hand. Das war wirklich mein Bild! „Fälschung!“ schrie ich. „Das ist eine Fälschung! Das ist ja kriminell!“

„Aber der Autor äussert sich sehr positiv über Sie, im grossen und ganzen jedenfalls. Warum sollte er dann ein gefälschtes Bild verwenden?“ Er nahm das Buch wieder an sich und fügte hinzu: „Ich weiss, Sie behaupten, Ihr Name sei Âdil Tîbi. Wahrscheinlich haben Sie Ihre Gründe dafür. Das ist Ihre Sache, ich will mich nicht in Ihre Privatangelegenheiten einmischen.“

„Und wenn ich Ihnen sage, dass mein Name nicht Âdil Tîbi ist?“

„Dann haben Sie völlig recht, denn Ihr Name ist Nimr Alwân.“

„Auch nicht Nimr Alwân.“

„Wie Sie wollen. An meiner persönlichen Meinung ändert das nichts.“

„Wissen Sie, Doktor …“

„Râssim Isat.“

„Wissen Sie, Doktor Râssim, dass mich Ihre persönliche Ansicht in keiner Weise interessiert?“

„Dann sind wir uns ja einig. Das erinnert mich an einen Ihrer Aphorismen: *Unsere wirklichen Ansichten entspringen unserem Innersten, und dorthin münden sie auch wieder.*“

„Das soll ich gesagt haben?“

„Keine falsche Bescheidenheit bitte, mein Herr. Ich habe die Diskurse zwischen Ihnen und Ihren Schülern gelesen, in denen Sie sagen, wenn ich mich recht erinnere: *Wahrlich, der Mensch ist keine einsame Insel, aber wie schmal ist der Isthmus, der ihn mit den anderen verbindet, und wie wild brandet das Meer, über das jener Isthmus sich spannt!*"

Trotz des Ernstes, den mein Gegenüber an den Tag legte, musste ich lachen. „Oh ja, über welch tosendes Meer spannt sich der Isthmus!" sagte ich. „Wie sollen wir ihn überqueren? Überqueren ihn die anderen, gehen sie auf uns zu? Stürzen sie nicht in die Wogen, die gegen die Landenge anrennen, und ertrinken? Hören wir denn ihre Stimmen vom anderen Ufer?"

„Aber Sie betonen ja gerade, dass wir ihre Stimmen hören, ja, dass wir sie sogar winken sehen, wo immer wir hinschauen, auch wenn der Sturm ihre Schreie nahezu verschluckt. Damit haben Sie das Schicksalhafte der Tragödie ein für allemal zurückgewiesen."

„Trotz aller Katastrophen auf dieser Welt?"

„Genau das ist es, was Sie sagen. Und in Ihrem Leben und Ihren Schriften finden sich unzählige Belege dafür."

Ich konnte mich nicht erinnern, je etwas in dieser Art gesagt zu haben. Ich wusste nicht, was er mit meinen Schriften meinte. Welche Schriften? Ich hatte schliesslich noch nie auch nur einen Artikel veröffentlicht, gar nicht zu reden von einem Buch. Aber für einen Augenblick hielt ich inne: Konnte es nicht doch sein, dass ich vielleicht irgendwann einmal ein Buch oder eine Studie, vielleicht auch mehr, veröffentlicht und es vergessen hatte? Aber sofort schob ich den Gedanken wieder zur Seite und strich ihn aus meinem

Gedächtnis. „Sie meinen also, wenn Sie jetzt schreien würden, hier in diesem Raum, dann würde Sie jemand hören?" fragte ich ihn.

„Ganz sicher", antwortete er, „aber ..."

„Aber was?"

„Aber das heisst nicht notwendigerweise, dass dieser Jemand dann gleich herbeigerannt kommt."

„Und wieso nicht?"

„Vielleicht wird er in seinem Zimmer gefangengehalten, oder die Tür ist abgeschlossen."

„Und was haben Sie dann davon, wenn Sie schreien?"

„Erlauben Sie, Doktor, dass ich Ihnen mit Ihren eigenen Worten antworte: Ich erinnere ihn daran, dass ich existiere."

„Wenn er aber herbeigerannt kommt?"

„Dann wird er sehen, in was für einer Lage ich bin, und verstehen."

„Und wenn er Ihre Lage nicht so versteht, wie Sie es wollen?"

„Dann werde ich versuchen, sie ihm überzeugend zu erklären. Aber auch hier könnte ich mich auf eine Äusserung von Ihnen stützen."

„Nämlich?"

„Ich versuche, die komplexe Beziehung zwischen dem Ich und dem Du aufzubauen."

„Ehrlich gesagt, ich verstehe Sie nicht."

„Sie haben es vielleicht vergessen, aber ich erinnere mich noch recht gut an einen Vers von einem Dichter aus dem letzten Jahrhundert, den Sie zitieren: *Nie wirst du beweisen können, dass ich, der zu dir spricht, nicht du bist, der zu dir selbst spricht / Nichts, was eines Beweises wert ist / vermag bewiesen oder widerlegt zu werden."*

„Sie verwirren mich", unterbrach ich ihn, aber er ignorierte die Unterbrechung und fuhr fort: „Das heisst, ich muss, wenn ich diese Beziehung aufbaue, eine Anzahl von Dingen zur gleichen Zeit bedenken: Erstens könnte ich, der mit dir spricht, du sein, der mit dir selbst spricht – wie gerade in unserem Dialog –, und daran liessen sich so weitreichende Überlegungen anschliessen, dass man Stunden darüber reden könnte. Zweitens handelt es sich stets um eine komplexe Beziehung, nämlich zwischen dem Ich und dem Du, zwischen dem Ich und dem Ich und dem Du und dem Du. Die Verwicklungen, die sich daraus ergeben, sind nahezu unauflösbar. Drittens schliesslich ist all das, was das Leben bereichert und seine Höhen und Tiefen ausmacht, jenseits des Verstandes und steht in seinem überlegenen Handeln weit über jedem Beweis und jeder Negation."

Mir schwindelte. Ich verstand überhaupt nichts mehr. „Alles das haben Sie über mich gelesen?"

„So ungefähr. In Kürze."

„Und wenn ich hier raus will, ohne laut loszuschreien?"

„Nichts einfacher als das, jedenfalls für Sie."

„Dann helfen Sie mir um Gottes willen hier heraus! Ich werde für immer in Ihrer Schuld stehen!"

„Das ist doch das wenigste, was ich für Sie tun kann. Bitte, kommen Sie." Er wandte sich zu einer weiss gestrichenen Tür an der Seite, die ich zuvor nicht bemerkt hatte. Wir traten in einen weiten, hell erleuchteten Gang hinaus, und er geleitete mich zu einer aufwärts führenden Treppe.

„Sie müssen nur diese Treppe hinauf ins nächsthöhere

Stockwerk gehen. Dort halten Sie sich links, und nach wenigen Schritten kommt eine Treppe, die nach unten führt. Das ist der kürzeste Weg nach draussen."

„Kommen Sie nicht mit, Doktor Dschâssim?" fragte ich ihn, denn so ganz hatte mich seine Auskunft nicht überzeugt.

„Râssim. Râssim Isat."

„Oh, Entschuldigung! Mein Gedächtnis ist wie ein Sieb. Kommen Sie nicht mit ins nächste Stockwerk?"

„Sie werden mich nicht brauchen, Doktor. Ausserdem darf ich meinen Platz nicht verlassen. Die andere Tür kann sich jeden Augenblick öffnen, und dann muss ich da sein."

Ich musste es wohl darauf ankommen lassen. „Danke", verabschiedete ich mich, „lesen Sie weiter in Ihrem Buch."

„Ich würde Ihnen empfehlen, sich ein Exemplar zu besorgen", gab er zurück und reichte mir die Hand, „merken Sie sich den Titel: *Das Bekannte und das Unbekannte.*"

„Ja, sicher."

„Fragen Sie Alîwi danach, wenn Sie ihn unterwegs treffen. Sie sollten schon lesen, was die über Sie schreiben, auch wenn es ungenau oder fehlerhaft sein mag."

„Natürlich, natürlich", erwiderte ich und stieg die Treppe empor. Ich sollte lesen, was die über mich schrieben? War ich denn verrückt?

Oben wollte ich gleich nach links in den nur schwach beleuchteten Gang einbiegen. Doch plötzlich streckte sich mir eine Hand aus einer schwarzen Abâja entgegen und hielt mich an. Eine schöne Hand mit langen, schmalen Fingern, rotlackierten Nägeln und vielen Ringen. Mehrere goldene Armreifen blitzten am Handgelenk. Dann waren es mit einem Mal drei Hände, und für einen Augenblick glaubte ich, Opfer einer optischen Täuschung zu sein. Doch nein, da sassen drei Frauen, jede in eine schwarze Abâja gehüllt, die ihren Kopf und einen Teil des Gesichts bedeckte und auf den übrigen Körper herabfiel, so dass nur die Fussspitzen hervorschauten. Sie sassen dicht beieinander auf einer hohen Bank, wie Statuen aus Ebenholz. Nur ihre Gesichter waren weiss, die Augen dick mit Schminke umrandet und weit geöffnet, gläsern wie Kristall. Alle drei hoben ihre rechte Hand und legten sie dann wieder auf die Brust. Ich hielt inne. Waren das die Nornen, von denen ich als Kind in den Sagen gelesen hatte? Wollten sie etwas von mir? Wussten sie von meinem Kommen? Doch als ich so fragend vor ihnen stand, schlossen alle drei die Augen und vergassen mich im selben Augenblick. Nur die Mittlere schien zu spüren, dass ich mich nicht wegrührte, dass ich mit ihnen sprechen wollte. Sie öffnete die Augen wieder. Ich bemerkte die pechschwarzen Locken, die ihre Wangen einrahmten, und sah durch eine Öffnung in der Abâja, wie sie auf ihre üppigen Brüste fielen. Wieder hob sie die rechte Hand und legte den Zeigefinger an die Lippen. Dann streckte sie ihren nackten Arm aus den Falten des Gewands, deutete in die Tiefe des Ganges und flüsterte: „Dort …“

Für eine Sekunde sah ich in ihrem Gesicht alle Widersprüche dieser Welt. Ich sah echte Tragik und billige Komödie, sah Lust und Selbstverleugnung, Verführung und Zurückweisung. Ich sah grenzenlose Kraft und absolute Ohnmacht. Ich hütete mich, diese geheimnisvollen Standbilder noch einmal anzusprechen, und wandte mich von ihnen ab, bevor das Mysterium von seinem erhabenen Gipfel herabstürzte. Am Ende des Ganges sah ich die abwärts führende Treppe. Gott sei Dank! Ich eilte darauf zu.

Die Treppe war unbeleuchtet, nur aus dem Gang hinter mir drang noch ein wenig Licht. Kaum war ich einige Stufen hinabgestiegen, machte sie eine Biegung. Beinahe hätte ich den Mann, der vor mir auf den Stufen sass, in den Rücken getreten. Neben ihm ein weiterer Mann, und auf den folgenden Stufen, die ganze Treppe hinunter, sassen dichtgedrängt Frauen und Männer. Ich hielt einen Augenblick inne, um die Situation zu überblicken. Die Treppe führte dieses Mal eine lange Strecke nach unten, wo sie in der Dunkelheit verschwand wie im Schlund eines endlos tiefen Brunnens. Sie war vollgestopft mit Menschen, die dicht an dicht gedrängt dasassen. Trotz der Dunkelheit waren ihnen Müdigkeit und Erschöpfung deutlich anzusehen. Alle schwiegen, nur hier und dort ein Husten oder Räuspern. Bestimmt sassen sie schon lange so da. Um hinabzusteigen, hätte ich mich mühsam zwischen ihnen hindurchdrängen müssen und wäre ihnen womöglich auch noch auf Hände oder Füsse getreten.

In den Mann, den ich mit dem Fuss angestossen hatte, kam Bewegung. Er hob den Kopf, als wollte er fragen, was ich im Sinn hätte.

„Entschuldigen Sie bitte, aber ich möchte hinunter."

„Ach wirklich?" gab er spöttisch zurück. „Stellen Sie sich vor, ich auch."

„Sie meinen, es geht hier nicht weiter?"

„Das sehen Sie doch."

„Und was kann man da machen?"

„Sie setzen sich auf Ihre Stufe und warten."

„Wie lange?"

„So lange, bis Sie erlöst werden ... Sind Sie verurteilt?"

„Um Gottes willen, nein!"

„Dann rate ich Ihnen, dahin zurückzukehren, wo Sie hergekommen sind. Hier ist die Treppe der Verurteilten."

In einer anderen Situation hätte ich vielleicht weiter gefragt und nachgeforscht. In diesem Moment aber spürte ich nichts als den Drang, irgendwie nach draussen zu gelangen, was immer auch geschehen mochte. Und plötzlich hatte ich wieder dieses schreckliche Gefühl zu ersticken, verbrauchte Luft zu atmen. Aber meine Mitmenschlichkeit behielt die Oberhand.

„Ich werde mich zu euch setzen", erklärte ich.

Ein anderer Mann hob den Kopf und schaute mich an. „Und was soll das nützen?"

„Ich solidarisiere mich mit euch."

Er nahm wieder seine alte Haltung ein, zuckte mit den Schultern und meinte: „Wie Sie wollen."

„Sie schicken uns ihre Besten", raunte ihm sein Nachbar zu.

„Ja, ja ...", nickte er, und sein Kopf versank beinahe zwischen den voller Hoffnungslosigkeit herabhängenden Schultern.

Es wäre mir nicht in den Sinn gekommen, dass Alîwi mir selbst hier auflauern könnte. Ich spürte eine Hand auf meiner Schulter, drehte mich um und sah, wie sich sein kahler Schädel zu mir herabbeugte. Er stand hinter mir, eine Stufe höher, und wie die Frauen in den schwarzen Abâjas legte er den Zeigefinger auf die Lippen, um mich zum Schweigen zu ermahnen.

„Folgen Sie mir“, flüsterte er, aber ich rührte mich nicht vom Fleck.

„Die Sache ist interessant“, flüsterte er wieder, „für Sie persönlich.“

„Nichts, worüber Sie verfügen, könnte mich interessieren“, gab ich zurück und blieb hartnäckig sitzen.

Er kam zu mir herab, beugte sich noch einmal herunter und flüsterte: „Hier ist nicht Ihr Platz.“

„Wieso nicht?“ rief ich laut. „Sind diese Leute hier nicht alles Menschen wie ich auch?“

Weiter unten drehten einige der Sitzenden die Köpfe nach mir. „Pssst“, meinte einer.

„Pssst“, flüsterte mir auch Alîwi ins Ohr, „ich erkläre Ihnen das später. Kommen Sie.“ Er richtete sich auf und zog mich mit Gewalt am Arm nach oben. Widerstrebend folgte ich ihm treppauf. Er ging schneller und hakte sich bei mir unter, als seien wir die besten Freunde. Wir gingen eine Treppe hinab, stiegen eine andere hinauf, durchquerten einen oder zwei Säle. Alîwi strebte mit bemerkenswerter Bestimmtheit und grosser Ausdauer seinem Ziel zu. Von Zeit zu Zeit blickte er auf seine Armbanduhr, als befürchte er, einen Termin zu verpassen.

Ich packte ihn am Arm und zwang ihn stehenzubleiben. „Hören Sie, Alîwi.“

„Ja?“

„Was hat es mit dem Brief auf sich, den Sie mir im Blauen Salon übergeben haben?“

„Was soll damit sein?“

„Wer ist der Absender?“

„Haben Sie ihn denn gelesen?“

„Natürlich."

„Damit ist meine Aufgabe erfüllt."

„Aber wer hat ihn abgeschickt?"

„Herr Doktor", gab er unwillig zurück, als habe er das alles schon unzählige Male erklären müssen, „mich interessiert nicht, wer was an wen schickt. Die Briefe kommen in meinem Büro an, und ich überbringe sie. Weder die Absender noch der Inhalt, noch die Empfänger gehen mich etwas an. Aber wenn Sie gestatten, möchte ich Ihnen eine Frage stellen: Warum sehen Sie die Sache nicht einmal von der rein psychologischen Seite?"

„Ich kann daran keine psychologische Seite erkennen!" erwiderte ich.

Alîwi verlangsamte seinen Gang ein wenig und sagte, ohne mich dabei anzuschauen: „Es bringt mich in Verlegenheit, einem Nimr Alwân Dinge zu erklären, auf die er sich besser versteht als irgendwer sonst." Noch bevor ich widersprechen oder ihn zum Weiterreden ermutigen konnte, fuhr er fort: „Tief in seinem Innern hegt jeder Mensch den Wunsch, gerufen zu werden. Den Wunsch, von unbekannten Orten Botschaften zu erhalten, die auf verborgene Kräfte hindeuten, auf Aktivitäten oder Geschöpfe jenseits des unmittelbaren Bewusstseins, die mit ihm in Verbindung treten wollen ... Erfüllt es Sie nicht auch mit Freude, wenn Sie einen Brief von einem unbekannten Bewunderer erhalten, dem Sie vielleicht den Zutritt zu Ihrem Haus verweigerten, wenn er leibhaftig vor Ihrer Tür erschiene? Aber die geschriebenen Worte sind Ihnen willkommen, denn Worte sind ein Potential, das nicht verkörpert ist, sie tragen Bedeutungen in sich, die sich nicht in einen materiellen

Rahmen pressen lassen. Warum lassen Sie diesem Wunsch nicht seinen Lauf, ohne Kontrolle, ohne unbedingt wissen zu wollen, was die Ursachen und was die Folgen sind? Warum nehmen Sie nicht einfach auf, was Ihre Sinne nicht erfassen können, um so vielleicht etwas zu erkennen, das jenseits der Sinne liegt? Entschuldigen Sie, Doktor, ich bin nicht so gut in solchen Dingen."

„Alîwi!" rief ich, nun mehr denn je von seiner Verschlagenheit überzeugt. „Abu Haur ist gar nichts gegen Sie!"

Zum erstenmal bedachte er mich mit einem seltsamen, teuflischen Lächeln, dem Lächeln eines Magiers, der gerade zehn lebende Kaninchen aus dem Hut gezaubert hat. „Abu Haur? Gegen ihn bin ich ein Nichts, ein Wassertropfen im Meer, mein Herr ... kommen Sie, schneller, wir sind spät dran." Er verfiel wieder in sein Schweigen und führte mich zu einer äusserst elegant gestalteten Aufzugstür. Auf Knopfdruck glitt die Tür zur Seite, als habe der Aufzug auf uns gewartet. Im Inneren befand sich ein grosser Spiegel. Zum zweitenmal an diesem Abend sah ich mein Spiegelbild, obwohl Alîwi merklich bemüht war, sich zwischen mich und den Spiegel zu stellen. Ich schob ihn zur Seite, um mein Gesicht zu betrachten, und geriet in Panik. Das war doch nicht mein Gesicht, wie ich es kannte! Als sei ich ein anderer, jemand, den ich nie zuvor im Leben gesehen hatte!

„Ist das auch einer von Ihren Tricks!" brüllte ich Alîwi an.

Er antwortete nicht. Als der Aufzug hielt, war ich so ausser mir, dass ich nicht einmal wusste, ob wir auf- oder abwärts gefahren waren. Alîwi zog mich an der Hand einen langen Gang hinunter, in dem sich wie in einem Hotel Tür an Tür reihte, nur dass sie hier nicht numeriert waren.

Vor einer Tür, an der ein kleines Schild mit der Aufschrift „Ausgang“ angebracht war, blieb er stehen. Na, endlich, dachte ich, als er sie öffnete. Wir betraten einen Raum, dessen hinterer Teil durch eine Trennwand abgeteilt war. Sie bestand unten aus Holz und darüber aus Glas; auf halber Höhe bot eine Ablage Platz für Papiere und Formulare. Hinter den Glasscheiben sassen zwei junge Frauen, jede hinter einer Schreibmaschine.

Alîwi reichte mir ein Formular. „Haben Sie einen Stift? Füllen Sie es bitte rasch aus.“

Ich nahm das Blatt entgegen, legte es auf die Ablage, zog einen Stift heraus und las: „Name und Beruf des Ururgrossvaters ... Name und Beruf der Ururgrossmutter ... Namen und Berufe der Ururgrossonkel väterlicherseits ... Namen und Berufe der Ururgrossonkel mütterlicherseits ...“ Ich stockte. Die Namen meines Vaters oder Grossvaters mochten mir einfallen, aber der meines Ururgrossvaters ...

Alîwi bemerkte mein Zögern und nahm mir das Formular wieder ab. „Ich fülle es für Sie aus“, meinte er, zog einen Stift aus der Brusttasche seines Jacketts mit den funkelnden Knöpfen und füllte in wenigen Augenblicken die erste und dann die übrigen Zeilen aus. „Unterschreiben Sie!“ befahl er schliesslich und reichte mir das Formular zurück. Als ich erneut zögerte, nahm er mir das Papier wieder ab und malte so etwas wie eine Unterschrift auf den unteren Rand.

„Einmal abstempeln bitte, wenn Sie so freundlich sein möchten“, bat er eine der beiden Frauen und schob ihr das Blatt unter der Scheibe hindurch zu, „und entschuldigen Sie bitte diese Eile.“

Die Frau ergriff wortlos einen der vor ihr aufgereihten

Stempel, drückte ihn auf das Papier und schob es danach in einen Kopierer rechts neben ihr. Binnen Sekunden spuckte die Maschine eine Kopie aus, dann noch eine zweite. Sie reichte Alîwi die beiden Kopien und bedachte mich mit einem beinahe verschwörerischen Lächeln, als wollte sie sagen: Ich weiss genau, dass du das Formular nicht selbst ausgefüllt hast ... Zum Abschied hob sie die Hand und winkte uns freundlich zu.

„Hier, nehmen Sie, Doktor." Alîwi reichte mir eine der Kopien, während sich die Tür hinter uns schloss. „Sie werden es vielleicht brauchen."

Ich starrte ihn hasserfüllt an: „Was geht mich das an? Habe ich das etwa ausgefüllt?"

„Was macht das schon für einen Unterschied."

„Ich lehne es ab, Ihre Fälschungen zu lesen!"

„Macht nichts. Dann lesen Sie es eben nicht. Aber behalten Sie wenigstens die Kopie. Sie könnten sie benötigen, für den Fall, dass ich nicht bei Ihnen bin." Damit faltete er das Blatt zusammen und steckte es mir gegen meinen Willen in die Tasche. Die zweite Kopie behielt er in der Hand, schaute wieder auf die Uhr und forderte mich auf: „Beeilen Sie sich, um Gottes willen! Wir sind wirklich spät dran. Râssim Isat, dieser Nichtsnutz von einem Krankenpfleger! Ich hatte ihm ganz klare Anweisung gegeben, Sie zum Bankett zu bringen, aber er hat Ihnen absichtlich einen falschen Weg gewiesen. Das macht er immer."

„Also, wir begeben uns jetzt auf dem schnellsten Wege zum Bankett?"

„Einige Politiker und Intellektuelle geben Ihnen zu Ehren ein Diner. Hat Ihnen das denn niemand gesagt?"

„Alîwi, Sie sind ein Meister der Überraschungen!"

„Aber zuerst müssen wir noch ins Archiv. Es liegt direkt auf dem Weg, wir werden nur wenig Zeit dabei verlieren. Haben Sie irgendwelche Einwände?"

„Ins Archiv? Natürlich, Dokumentation ist sehr wichtig."

„Ganz genau. Hier entlang." Er führte mich zu einem engen Aufzug, den er mit einem speziellen Schlüssel in Bewegung setzte. Wir fuhren abwärts in einen hell erleuchteten Keller. Stählerne graue Schränke, die bis an die Decke reichten, zogen sich an beiden Längswänden entlang bis zum äussersten Ende des Kellers, wo sie sich in einem Bogen trafen. Schränke, zum Teil mit Türen, zum Teil mit Schubladen. Alles erstklassige Qualität, rostfreier Stahl. Alîwi bestieg mit mir eine Art Laufband, das auf beiden Seiten entlang der Schränke eingelassen war. Kaum hatte er es mit den Füssen berührt, da setzte es sich in Bewegung und transportierte uns an den Schrankreihen vorbei bis ans Ende des Kellers. Hier hielt Alîwi das Band an und verkündete stolz: „Sehen Sie, wie wir unsere Unterlagen aufbewahren? Millionen von Unterlagen! Tausend Jahre können den Papieren, die wir hier lagern, nichts anhaben! Wir beschäftigen hier sehr viele Angestellte, aber ich brauche sie kaum. Heute abend habe ich sie alle nach Hause geschickt. Aber jetzt ... A–L, A–L ... hier!" Er zog eine grosse Schublade heraus, die bis zum Rand mit Aktenmappen angefüllt war. Aber sie enthielt auch Dinge, mit denen Alîwi nicht gerechnet hatte. Fette Kakerlaken unterschiedlicher Grösse krabbelten zwischen den Papieren hervor. Ich sah mindestens zwei gewaltige schwarze Skorpione herauskriechen, und auch ein paar Salamander schlüpften hervor, als wollten sie an die frische Luft. Vor Schreck sprang ich vom Laufband. Im selben Augenblick sah ich, wie mehrere gelbe Schlangen ihre Köpfe zwischen den Akten herausstreckten. Alîwi war konsterniert. Entgeistert warf er das Papier, das er die ganze Zeit in der Hand gehalten hatte, wieder in die Schublade und schob sie mit einem kräftigen Stoss zu. Das Krachen hallte durch das Archiv wie die Explosion einer Bombe!

Auch er sprang vom Laufband, packte meinen Arm, und wir eilten zurück zum Aufzug. Er war wütend und enttäuscht, sprach kein Wort. Doch als wir ausstiegen, zwang er sich zu einem gequälten Lächeln und sagte: „Ich fürchte, Sie sind erschrocken, Doktor."

Ich holte tief Luft. „Keineswegs, Alîwi", entgegnete ich dann, „keineswegs."

„Nun gut, jetzt aber zum Bankett."

„Zum Bankett? Ah, natürlich, das hatte ich ganz vergessen!"

„Ha!" rief er kurz darauf. „Da wären wir!"

Am Ende des Ganges befand sich eine prachtvolle, reichverzierte Tür. Er öffnete einen der hohen Flügel und schob mich sanft ins Innere. Hinter mir schloss sich die Tür wieder.

Ich betrat den grossen Saal allein. In der Mitte strahlten und blitzten die Lichter eines ausladenden Kristalleuchters über einer langen Tafel, an der etwa dreissig Männer und Frauen sassen. Bei meinem Eintreten erhoben sie sich, und vom Ende der Tafel begrüsste mich ein grauhaariger, jovialer Endfünfziger von respektgebietender Erscheinung.

„Willkommen, Doktor, willkommen! Treten Sie näher,

nehmen Sie Platz, hier, an meiner Seite! Wir haben uns schon Sorgen gemacht, Sie haben sich verspätet!"

„Guten Abend allerseits!" grüsste ich in die Runde, und die Anwesenden erwiderten einstimmig meinen Gruss. Der Mann am Ende der Tafel wiederholte seine Aufforderung: „Hierher, an meine Seite."

Seine Beflissenheit und der Respekt, den mir die anderen Gäste erwiesen, deuteten darauf hin, dass ich tatsächlich der Ehrengast dieses Banketts war. Die Tafel war höchst geschmackvoll gedeckt. Zwischen die blitzenden Kristallgläser hatte man Rosensträusse arrangiert, und hinter jedem zweiten oder dritten Gast stand ein Kellner in weissem Jackett, schwarzer Hose und weissen Handschuhen. Man hatte wirklich auf mich gewartet, denn kaum hatte ich auf dem Stuhl des Ehrengastes Platz genommen, da begannen sich die Kellner beinahe lautlos zu bewegen und Wein einzuschenken.

Ich kannte niemanden von diesen Leuten, die hier meiner geharrt und sich gesorgt hatten. Aber mittlerweile war ich entschlossen, mich so zu verhalten, als sei ich derjenige, den sie erwarteten, oder von dem sie glaubten, dass sie ihn erwarteten – ihnen gegenüber und allen anderen, denen ich noch begegnen würde. Ich würde also Nimr Alwân sein, oder Âdil Tîbi, um zu sehen, was sie von ihm wollten – wenn sie denn wirklich etwas wollten. Bislang hatten alle, denen ich begegnet war, eindeutig Nimr Alwân bevorzugt. Ich würde also dieser Mann sein, und sei es nur für diese eine verfluchte Nacht ... vielleicht würden sie mich ja entlarven und mir so meine wahre Identität zurückgeben!

Der Gastgeber erhob sein Glas. „Ich hoffe, es hat Ihnen

keine allzu grossen Schwierigkeiten bereitet, hierher zu uns zu gelangen?" fragte er mit ausgesuchter Liebenswürdigkeit.

„Es war wirklich nicht einfach."

„Oh", erwiderte er, und sein Gesicht drückte echtes Bedauern aus, „Sie sind wohl auf dem zweiten Weg gekommen? Das ist wirklich ein Problem an diesem Gebäude. Es gibt nämlich zwei Zugänge. Der erste ist einfach und direkt, der zweite dagegen, herrje ... auf dem zweiten geht es rauf und runter, durch Tausende von Windungen. Das tut mir wirklich leid, Doktor. Aber jedenfalls sind Sie endlich hier, hier bei uns."

„Gott sei Dank!" bestätigte ich.

Er richtete sich im Sitzen auf und hob die Stimme: „Meine Damen und Herren! Auf das Wohl von Herrn Doktor Nimr Alwân!"

Alle wandten sich mir zu und hoben die Gläser: „Auf Doktor Nimr Alwân!"

Ich trank mit ihnen, stürzte mein Glas in einem Zug hinunter und bedeutete dem Kellner hinter mir, es von neuem zu füllen. Die Suppe wurde gebracht, danach der Fisch und das Fleisch. Gläser und Teller kamen und gingen, die Bedienung war ausgezeichnet, wie es einem Bankett dieser Grössenordnung angemessen ist. Um ehrlich zu sein, nach all diesen dunklen Stunden hätte ich wohl alles nur irgendwie Geniessbare gegessen oder getrunken, aber der Wein war wirklich vorzüglich und das Essen delikat.

Bei Tisch herrschte eine fröhliche Stimmung und lautstarke Unterhaltung, ohne dass ich genau hätte sagen können, was diese Männer und Frauen verschiedenen Alters verband, die sich mir zu Ehren hier zusammengefunden hatten. Schliesslich, als zum Kaffee die Zigarrenkisten kreisten und die Cognacgläser gefüllt wurden, beugte sich der Gastgeber zu mir herüber. „Sind Sie bereit für Ihre Rede?"

Die Frage traf mich völlig unvorbereitet. „Meine Rede? Über was denn?"

„Die Ansprache des Ehrengastes, Herr Doktor. Das muss schon sein, schliesslich sind Sie ein Mann des Wortes."

Ich bemerkte, dass die anderen sich schon nach mir umsahen, ja ihre Hälse nach mir reckten.

„Meine Damen und Herren!"

Die Gespräche verstummten, Schweigen senkte sich nieder.

„Sie hören nun gleich einige Worte von unserem geschätzten Ehrengast, Herrn Doktor Nimr Alwân." Er zog einen Zettel aus der Brusttasche, setzte seine Brille auf und begann zu lesen, wobei er immer wieder vom Blatt zu seinen Zuhörern aufschaute. „Doch zuvor erlauben Sie mir, in unser aller Namen kurz das Wort zu ergreifen. Unser heutiger Gast ist allgemein dafür bekannt, dass er die Abgeschiedenheit seines Hauses der Geselligkeit vorzieht. Um so mehr sind wir stolz und schätzen uns glücklich, ihn heute abend hier bei uns begrüssen zu dürfen. Meine Damen und Herren, wir alle vertreten unsere eigenen Ansichten und Standpunkte und mögen daher mit ihm übereinstimmen oder aber divergierende Auffassungen hegen. Das ist vollkommen legitim und auch notwendig. Aber ich denke, wir alle sind uns darüber einig, dass Nimr Alwân in den bald dreissig Jahren seines unermüdlichen intellektuellen Schaffens wegweisende Erkenntnisse gewonnen und Methoden begründet hat. Methoden, die es uns ermöglichen, inmitten einer chaotischen und widersprüchlichen Welt unsere Identität zu bestimmen und uns gegen das Chaos und alle Widersprüche zu behaupten. Seit ich im zarten Alter von zwanzig Jahren zum erstenmal seinen Schriften begegnet bin, habe ich nie daran gezweifelt, dass jeder, der sich jene philosophische Frage stellt, die am Anfang und am Ende aller echten Erkenntnis steht – die Frage nämlich: Wer bin ich und wohin gehe ich? –, nicht mehr tun muss, als die Werke Nimr Alwâns zu lesen. Dort wird er eine klare Antwort finden, oder zumindest Hinweise, die ihn zu einer Antwort führen. Dieser Mann hat sein Haupt gegen den Sturm erhoben und ist vorangeschritten, ohne zu wanken, die Augen fest auf die Zukunft gerichtet. Dabei hat er sich stets seinen wachen Blick für die Gegenwart bewahrt, und das zu einer Zeit, die zu verstehen oder auch nur zu ertragen die allergrössten Schwierigkeiten bietet.“

An dieser Stelle legte er das Papier zur Seite und schaute zu mir herüber, als wolle er etwas sagen, das nicht im Manuskript stand. Hatte er mich während unserer Konversation vorhin durchschaut und wollte nun auf die vorbereiteten Erläuterungen und Ehrenbezeugungen verzichten? Lächelnd und in einem Tonfall, der sich deutlich von seinem bisherigen deklamatorischen Stil unterschied, fuhr er fort: „Meine Damen und Herren, wenn Sie, wie ich heute abend, die Gelegenheit hätten, persönlich mit unserem Gast zu sprechen, so wären Sie sicherlich überrascht. Wissen Sie, was er noch vor wenigen Minuten zu mir gesagt hat? Er fühle sich heute, in Momenten der Reflexion, wie jemand, der irrtümlich ein Labyrinth betreten habe. Ein Labyrinth, an dessen Eingang keine Königstochter dem Helden einen Faden überreicht, damit er ihn, wie es die griechische Sage erzählt, hinter sich abrollen und so aus dem Innern ans Tageslicht zurückfinden kann! Wenn er aber am Ende des Labyrinthes auf den Minotaurus trifft, wird er nicht wissen, was tun, weil er vergessen hat, seine Waffen mitzunehmen ... Was sollen wir dazu sagen, wir, die wir jeden Tag in das Labyrinth hineingetrieben werden? Dorthinein, wo uns der Minotaurus verschlingt, einen nach dem anderen, zum Frühstück und zum Abendessen, ohne dass wir über jene tödliche Waffe verfügten, die Nimr Alwân von der Natur geschenkt wurde: die Waffe des messerscharfen Verstandes, vor dem kein Ungeheuer bestehen kann! Meine Damen und Herren, das nenne ich die Bescheidenheit des Gelehrten!"

Welche Bescheidenheit, Herr Gastgeber, und welche Falle legen Sie da für mich aus! Ich hatte doch überhaupt nichts von einem Labyrinth oder dem Minotaurus erzählt! Warum hätte ich auch nur einen Bruchteil solcher rhetorischer Übertreibungen bemühen sollen? Ich wünschte, mein Kopf möge sich spalten und ein anderer Mensch aus ihm hervortreten, ein mir unbekannter Mensch, der mit diesen üppigen Komplimenten umgehen und mich aus dieser kniffligen Lage nach dem Bankett herausholen kann. Mich, der ich meinen Namen und meine ganze Vergangenheit vergessen hatte und nun hinabstieg in die Tiefe meiner zerfallenden Erinnerung, um all jene Reste zusammenzusuchen, die der Auflösung widerstanden und sich noch nicht verflüchtigt hatten.

Ich hörte die Anwesenden klatschen. Einige schlugen sogar mit ihren Messern oder Löffeln gegen die Gläser. Der

Gastgeber richtete, noch immer stehend, seinen Blick ein letztes Mal auf mich und verkündete: „Meine Damen und Herren, Doktor Nimr Alwân."

Er klatschte, um mich zu ermutigen, nahm Platz und klatschte auch im Sitzen noch in die Hände. Ich holte tief Luft, stand auf und hörte mich – wie einen anderen! – sprechen, zunächst zögernd und stockend, doch dann mit Stück für Stück zurückkehrendem Selbstvertrauen: „Meine sehr verehrten Damen und Herren. Um ehrlich zu sein, ich weiss nicht, wie ich beginnen soll. Unsere Väter eröffneten ihre Reden stets mit einem Gedichtvers, und danach flossen ihnen die Worte mit Leichtigkeit von den Lippen ... Doch es scheint, als könnte die Poesie uns heutzutage nicht mehr zu neuen Gedanken inspirieren – wenn wir denn überhaupt noch Gedichte lernen. Es scheint gar, als hätten die Dichter alles gesagt, was zu sagen war, und die Zuhörer alles gehört, was gehört werden konnte, als könnte nichts, was gesagt wird, noch irgend jemanden berühren ...

Aber, meine Damen und Herren, trotzdem sind die folgenden Verse des Dichters Abul-Tajjib al-Mutanabbi sogar mir im Gedächtnis geblieben, und sie gehen mir immer wieder durch den Kopf. Sie kennen sie sicher alle: *Wo in der Zeit ein Bambus wächst / der Mensch den Bambus mit Klingen besetzt.* Lassen Sie uns diesen Vers genauer betrachten: Der Bambus wächst, um dem Menschen in seinem Streben nach dem Guten nützlich zu sein. Mit seinem unbestechlichen Blick hat al-Mutanabbi erkannt, dass der Mensch ihn missbraucht, zum Gegenteil dessen macht, was die Natur gewollt hat: Er benutzt den Bambus als Werkzeug des Bösen, zum Totschlag, und besetzt ihn mit Klingen und Speerspitzen. al-Mutanabbi war, um einen heutigen Begriff zu benutzen, ein Realist, der sich nicht irreführen liess. Seine Beobachtung der Menschen hat ihn zu dem berühmten Ausspruch geführt: *Unrecht ist die Natur der Seele / ein Gerechter nur, dem die Macht zum Unrecht fehle.* Unrecht zu tun ist für ihn also die naturgegebene Disposition der menschlichen Seele. Nur aus Schwäche unterlässt der Mensch das Unrecht, aus einem verborgenen Grund, der ihn zurückschrecken lässt, seiner eigentlichen Veranlagung zu folgen. Die Rechtschaffenheit des Menschen ist also keine Tugend, weshalb es auch kein Wunder ist, dass aller Bambus, der auf Erden wächst, sofort mit mörderischen Speerspitzen besetzt wird.

Doch lassen Sie uns fortfahren mit al-Mutanabbi, mit einem Bild, das mich schliesslich zu meinem heutigen Thema führen wird: *Der Seelen Streben ist zu niedrig / sich zu verfeinden und zu verzehren / doch furchtlos blickt der Aufrechte dem Tod / ins Antlitz und weiss der Schande zu wehren.* Diese wenigen Worte enthalten jene Lehre, für die später Shakespeares Hamlet seinen Preis zu zahlen hatte: Wie ehrgeizig das Streben des Menschen auch immer sein mag, es ist zu gering, um Feindseligkeiten zu rechtfertigen, die uns mit ihrer Gewalt in die gegenseitige Vernichtung treiben könnten. Beachten Sie, wie der Dichter mit dem Ausdruck ‚verzehren' spielt ... Wo aber das Streben zur Schande führt, muss der Mensch, anstatt mit seiner Tugend, oder richtiger: mit seiner Schwäche, zu prahlen, während doch in seine Seele die natürliche Neigung zum Unrecht ebenso eingepflanzt ist wie der Drang, auf jeden Bambus eine Speerspitze zu setzen – dann also muss der Mensch eine solche falsche

Tugend zurückweisen, dem Tod furchtlos ins Auge sehen und sich gegen jede Schande zur Wehr setzen …"

Ich hielt einen Augenblick inne und liess meinen Blick über die Sitzenden wandern. Sie hielten die Augen auf mich gerichtet, sogar ihre Gläser hatten sie abgesetzt. Offensichtlich erwarteten sie mehr, und während der Rauch der Zigaretten und Zigarren sich langsam in die Luft kräuselte, fuhr ich fort: „Ihr vorzüglicher Wein heute abend erinnert mich an andere fröhliche Abende, in der Zeit meiner – und Ihrer – Kindheit, die mittlerweile weit, sehr weit zurückliegt. Heute, meine Herrschaften, ertrinken unsere Nächte im Blut. Hinter Ihrem grossen Tor, hier, hinter diesen gewaltigen Türflügeln, türmen sich die Leichen. Unsere Väter, unsere Söhne, unsere Kinder und Frauen werden jeden Augenblick mit systematischer Grausamkeit getötet. Jede Sekunde werden unsere Häuser zerbombt und unsere Städte verbrannt …"

Auf den Gesichtern meiner Zuhörer begann sich Erstaunen abzuzeichnen. Trotz al-Mutanabbis Versen hatten sie so etwas nicht erwartet. Aber sie schauten mich weiter an wie gebannt, und ich fuhr fort: „Aus Protest gegen all das hat einer meiner Freunde vor vier oder fünf Tagen Selbstmord begangen. Ich wollte unbedingt verhindern, dass er sich das Leben nimmt, denn er befand sich auf dem Gipfel seiner Lebens- und Schaffenskraft. Würde er doch weiter mit uns gegen die Barbarei, das Morden und die Zerstörung anschreien! Aber er bestand darauf, dass angesichts eines solchen Lebens der Tod die bessere und würdigere Wahl sei. Mehr als einmal habe ich ihn angefleht: ‚Lass nicht zu, dass deine Verzweiflung grösser wird als du selbst!' Worauf er entgegnete: ‚Sie ist grösser als wir alle zusammen.' Als ich ihn dann sah, nachdem er sich wirklich umgebracht hatte, sprach ich zu seinem zerschmetterten Schädel: ‚Deine Liebe zum Leben war so gross, du musstest es fortwerfen, als du erkanntest, dass es eine solche Liebe nicht erträgt. Eine Welt, die von Mördern, Verbrechern und Betrügern beherrscht wird, konntest du nur ablehnen, und das mit vollem Recht. Deine Ablehnung war vollständig und konsequent; du hast dich umgebracht und uns alle damit beschämt.' Meine Damen und Herren, diese Tragödie hat mich erschüttert, und ich stelle mir vor, ich würde, zusammen mit jenem Freund, der sich das Leben nahm, den Kampf fortsetzen und zu ihm sagen: ‚Wir lehnen diese Welt ab, genauso wie du. Aber noch ist unsere Ablehnung zu schwach, um diesen ungeheuren Punkt zu erreichen, der alles verlangt, schliesslich auch das Leben des Menschen selbst.' In Wahrheit ist mir diese Erfahrung nicht fremd. Es gab einmal einen Augenblick, da haben mich Zorn und Ekel bis an jene haarfeine, alles entscheidende Grenze zwischen Leben und Tod getrieben. Beinahe hätte ich sie überschritten, doch plötzlich kam eine Welle, und anstatt mich mit sich in die reine, klare Tiefe zu reissen, warf sie mich zurück, auf das Ufer mit seiner lärmenden Niedrigkeit, mit Verbrechen und Betrug. So habe ich es an jenem Tag empfunden ... Aber nun, da mein Freund endgültig verstummt ist und der Schuss, der seinen Schädel zerschmettert hat, noch in unser aller Ohren widerhallt, fühle ich, dass es ein Glück war, ein grosses Glück sogar, an jenes lärmende Ufer des Verbrechens und der Niedrigkeit zurückzukehren. Warum? Um entschlossen dagegen aufzustehen, um mit erhobenem Kopf und offenen Augen dagegen anzutreten, mit meiner Überzeugung, von der mich die Stürme der Zeit – wie unser Freund hier sich vorhin ausdrückte – nicht abbringen werden. Aber ich muss bekennen: Ich bin heute nur widerwillig und unter grossen Schwierigkeiten zu Ihnen gekommen. Und wäre es mir möglich gewesen, mich zu weigern, ich hätte es gewiss getan. Denn warum, frage ich mich, wollen Sie mich zum Ehrengast haben? Was könnte jemand wie ich für Sie tun, um eines solchen Interesses, eines solchen Aufwandes würdig zu sein – in einer Welt, die sich an ihren Verbrechen berauscht, die es jeden Tag von einem Massaker zum nächsten treibt? Und was haben Sie getan in dieser blutigen Nacht, aus deren Tiefen es heult und schreit, ausser sich die Ohren zuzuhalten und ein Bankett auszurichten, das vielleicht das letzte sein wird, ohne dass Sie es wissen? Erlauben Sie mir, mich zu wiederholen, meine Damen und Herren: Hinter Ihrem grossen Tor türmen sich die Leichen. Und wenn Sie nicht endlich etwas unternehmen, werden sie bald hier vor Ihnen liegen, hier inmitten Ihrer grossen Halle …"

„Genau! Ganz genau!" rief der Gastgeber laut aus. Ich schaute zu ihm hinüber und sah, wie er schmerzerfüllt den Kopf schüttelte und … Tränen, jawohl, Tränen liefen über seine Wangen. Auch die anderen Gäste weinten, und manche wischten sich mit den Fingerspitzen die Tränen von den Wangen.

Da schrie ich es laut heraus: „Und ich … ich … ich habe nicht mehr die Kraft, es zu ertragen!"

„Wir alle, wir alle haben nicht mehr die Kraft, es zu ertragen!" schluchzte einer mit tränenerstickter Stimme.

Da stiess ich meinen Stuhl zur Seite und ging entschlossen zur Tür. Der Saal war von Weinen und Schluchzen erfüllt, aber dazwischen erhob sich, scheinbar unberührt, eine laute Stimme: „Was ist denn mit euch los? Beendet man etwa so ein Fest?", und im Vorbeigehen hörte ich eine andere Stimme sagen: „Ich glaube nicht, dass das Nimr Alwân ist!"

Ich öffnete den hohen Türflügel und ging hinaus. Doch bevor ich den Raum hinter mir gelassen hatte, holte mich eine Frau ein, die an meiner Stelle die Tür schloss.

„So etwas habe ich nicht erwartet!" rief sie.

Ich betrachtete sie genauer. Sie war strahlend schön, mit Ohrringen und einem blitzenden Brillantcollier, das auf den nackten Brustansatz fiel. Ich fuhr zusammen und blieb stehen. Es war meine Begleiterin, meine Aufseherin, die Frau, die ihre Spielchen mit mir trieb.

„Du? Schon wieder! Wo hast du gesteckt?"

„Hast du mich nicht gesehen?" fragte sie mit entwaffnender Unschuld zurück und wischte sich mit einem Taschentuch die letzten Tränen ab, während sie mit der anderen Hand ihre Tasche an sich gepresst hielt. „Ich habe an der Tafel gesessen, gar nicht weit von dir. Wie fandst du die Gäste?" Sie deutete mit dem Taschentuch in Richtung derer, die wir im Saal zurückgelassen hatten. Als ich wortlos weiterging, setzte sie hinzu: „Sehr empfindsame Leute. Und so feinfühlig, findest du nicht?"

„Wenn ihre Tränen genauso echt sind wie deine …"

„Es sind exzellente Schauspieler."

Ich glaubte meinen Ohren nicht zu trauen. „Schauspieler?"

„Ja. Die besten des ganzen Landes."

„Aber Alîwi meinte, es handle sich um Intellektuelle und Politiker!"

„Na ja, so könnte man sie auch nennen. Jedenfalls ist alles auf Video aufgezeichnet worden, mit mehreren Kameras aus verschiedenen Perspektiven."

Für eine Sekunde hielt ich inne, dann packte ich sie mit beiden Händen bei den Schultern. „Wird etwa alles, was hier passiert, gefilmt?"

„Annähernd alles."

„Habt ihr auch die Szene zwischen dir und mir im Blauen Salon gefilmt?"

„Welche Szene?" fragte sie scheinheilig und schob meine Hände energisch von ihren Schultern.

„Hast du das etwa so schnell vergessen? Du und ich in dem Blauen Salon, das gedämpfte rote Licht, und du in diesem aufreizenden Trauerkleid ..."

„Ich bitte dich, Doktor. Ich war schon eine ganze Weile nicht mehr in dem Blauen Salon."

„Du lügst!" rief ich zornig und entschieden.

„Keineswegs!" fuhr sie unbeirrt fort. „Vielleicht war da eine andere Frau, die sich für mich ausgegeben hat? Oder die behauptet hat ..."

„Ganz genau", schnitt ich ihr das Wort ab, „sie hat behauptet, eine andere Frau zu sein. Du bist wirklich eine ganz hervorragende Schauspielerin, genau wie die anderen. Ihr seid alle ganz ausgezeichnete Schauspieler. Wo bringst du mich hin? Folgt jetzt die nächste Szene im Drehbuch?"

Bevor wir weitergingen, ergriff sie mit einer beinahe herzlichen Geste meinen Arm und senkte ihre Stimme, als fürchte sie, selbst in dem menschenleeren Flur könnte uns jemand hören. In ihrem Blick war eine Zuneigung, wie ich sie von ihr nicht erwartet hätte. „Hör zu. Wenn ich nicht wäre, befändest du dich jetzt an einem ganz anderen Ort, einem Ort jenseits deines Vorstellungsvermögens. Glaub mir."

„Aha. Dann hätte ich ein anderes Drehbuch realisieren müssen, nicht wahr?"

„Drehbuch? Meinetwegen. Nun komm." Sie verstaute das Taschentuch in ihrer Handtasche, zog eine grüne Karte heraus und las kurz durch, was darauf stand, bevor sie sie wieder an ihren Platz steckte. „Hast du das Entlassungsformular ausgefüllt?" fragte sie, kaum, dass wir uns wieder in Bewegung gesetzt hatten.

Ich holte das Papier hervor, das Alîwi mir in die Tasche gesteckt hatte.

Sie studierte es genau und lachte: „All diese Namen!"

„Ich hoffe, es ist in Ordnung?"

„Aber dein Name – dein Name steht hier gar nicht."

„Schreib du ihn hin", erwiderte ich gleichgültig, „ergänze einfach nach Belieben, was fehlt."

„Na gut." Sie steckte das Formular in ihre Handtasche, blieb dann stehen und erneuerte ihr Make-up mit Hilfe eines kleinen, im Inneren der Handtasche befestigten Spiegels. Sie richtete ihre Frisur, öffnete eine Puderdose und puderte sich die Nase und unter den Augen, um die Tränenspuren zu beseitigen. Dann holte sie einen Lippenstift hervor und zog rasch ihre Lippen nach. Wofür dieser Aufwand um ihr Aussehen? fragte ich mich. Meinetwegen oder wegen anderer Leute, mit denen sie mich gleich überraschen würde?

Dann gingen wir eilig weiter. Sie führte mich durch mehrere Türen in einen Salon, wo sie Licht machte. Ein gemütliches Zimmer, sowohl von der Einrichtung als auch von den Ausmassen. Nicht zu klein und nicht zu gross. Zum erstenmal bemerkte ich Ölgemälde an den Wänden, verschiedene Stilrichtungen, aber alle modern. Zum erstenmal auch behandelte mich meine Begleiterin wie eine Hausherrin einen Gast, den sie mit der gebührenden Achtung empfängt. Glaubte sie nun zu guter Letzt doch, Nimr Alwân vor sich zu haben? Sie liess mich in einem bequemen Sessel Platz nehmen, hob ein Kästchen von dem eleganten, gläsernen Couchtisch und bot mir eine Zigarette an. Sie selbst nahm sich ebenfalls eine, und ich gab ihr Feuer mit einem Marmorfeuerzeug, das auf dem Tisch stand und mit dem ich dann auch meine eigene ansteckte. Auf dem Tisch lagen zwei Bücher; den Titel des einen konnte ich lesen: *Die Alternative.* Ein guter Titel für ein Buch, dachte ich.

Sie nahm mir gegenüber Platz, zog zwei-, dreimal an ihrer Zigarette und fragte dann: „Jetzt sag mir mal ganz ehrlich: Wie heisst du? Ich meine, wie ist dein richtiger Name?"

Die Frage überraschte mich. Ich musste einfach weiter lügen, denn den Versuch, mich an meinen Namen zu erinnern, hatte ich längst aufgegeben. „Âdil Tîbi", antwortete ich lachend.

„Spass beiseite, bitte."

„Nimr Alwân."

„Hast du deinen Namen wirklich vergessen, oder hast du Angst, ihn zu nennen? Hast du nicht irgendeinen Ausweis dabei? Schau doch in deinen Taschen nach."

„Ich Dummkopf!" rief ich und schlug mir mit der Hand

an die Stirn. „Wieso ist mir das nicht schon früher eingefallen?" Ich holte den gesamten Inhalt meiner Brusttasche hervor: ein kleines rechteckiges Notizbuch mit Telefonnummern und vielen leeren Seiten, von denen ich ab und zu eine herausreisse, um eine Beobachtung oder einen Gedanken aufzuschreiben; eine Brieftasche aus glattem Leder, in der ich normalerweise mein Geld, meinen Ausweis und meine Visitenkarten aufbewahre, ausserdem ein paar Passbilder, für alle Fälle. „Damit ist das Problem gelöst!" rief ich. „Endlich!"

Aber in der Brieftasche befand sich viel mehr, als ich erwartet hatte. Ein ganzer Stapel von Ausweiskarten in verschiedenen Formen, Farben und Grössen fiel mir entgegen, als ich sie öffnete. Einige davon mit Bildern, wie richtige Ausweise. Lamyâ (endlich fiel mir ihr Name wieder ein!) hatte ihren Platz verlassen, stand neben mir und beugte sich herab, so weit, dass ich die Rundung ihrer vollen Brüste erkennen konnte. Sie wollte selbst sehen, was auf den Karten geschrieben stand, es mit eigenen Augen lesen – ich hätte sie ja anlügen oder etwas verfälschen können. Gleich die erste Ausweiskarte riss sie mir aus der Hand und las: „Dr. Fachri Hassan Mansûr, Facharzt für Orthopädie, Universität Edinburgh. Jetzt wissen wir, wer du bist!" Aber nach wenigen Augenblicken merkte sie auf: „Was ist denn das für ein Foto! Das bist doch nicht du!"

Ich reichte ihr den zweiten Ausweis, ein blaues, gefaltetes Papier. „Berufsverband der Ingenieure", las sie, „Name: Diplom-Ingenieur Hâfis Muwaffak."

„Schau dir das an!" rief ich. „Ministerium für Soziales: Achmad Hâschim, stellvertretender Abteilungsleiter. Und auf dem Ausweis hier steht: Abdalnûr Abdalahad, technischer Leiter ... und auf dem hier: Raschîd-Oberschule: Studienrat Hussein Alî Hussein ... warte! Hier ist noch eine andere Karte: Muchsin Hantûsch Schumûli, Immobilienmakler ... und hier sind noch drei Karten."

Lamyâ riss mir die Karten aus der Hand und ging sie nacheinander durch. Dann stiess sie ihr unverwechselbares Lachen aus und rief: „Aber das Bild ist immer das gleiche! Auf jedem Ausweis das gleiche Bild. Sag mal, bist du ein professioneller Fälscher?"

„Warum nicht? Alles ist möglich." Ich betrachtete das überall gleiche Foto sorgfältig. „Vielleicht ist es ein altes Bild von mir", meinte ich dann, „von vor vielleicht zehn Jahren?"

„Unmöglich! Woher solltest du so eine breite Nase haben, und diese dicken Lippen? Und das Haar ist völlig anders. Such mal gründlich in deiner Brieftasche."

„Schau doch selbst nach", entgegnete ich und reichte ihr das Portefeuille, „vielleicht findest du wenigstens ein Foto von mir."

Sie durchwühlte alle Winkel. Nichts, ausser ein paar Geldscheinen. „Wie ich es mir dachte, ein Segen!" meinte sie dann und gab mir die Brieftasche zurück. „Es bleibt mir überlassen, dir deinen wirklichen Namen zu verraten."

Resigniert beobachtete ich, wie sie zu ihrem Sessel zurückging. „Ich bin zufrieden mit dem Namen, den ihr mir heute nacht verliehen habt: Doktor Nimr Alwân", sagte ich und steckte die Brieftasche zurück in meine Jacke.

„Weisst du denn etwas über ihn?"

„Er scheint eine wichtige Persönlichkeit zu sein. Es hat

sogar jemand ein Buch über ihn geschrieben, es heisst: *Das Bekannte und das Unbekannte.*"

„Eine Erfindung von Asâm Abu Haur", lachte sie und blies den Rauch ihrer Zigarette aus.

„Möglich. Oder von Alîwi, Mister Goldknopf? Hör mal: Wie du vielleicht bemerkt hast, ist es spät geworden (ich warf einen Blick auf meine Uhr). Halb zwei. Meinst du nicht, ich sollte mich langsam zurückziehen?"

„Wirst du unser so schnell überdrüssig?"

„Überdrüssig? Aber es ist doch klar, dass ihr mich nur aufgrund eines Fehlers hierhergebracht habt. Ob es ein vorsätzlicher Fehler war oder nicht, nun, das weiss ich nicht."

„Unmöglich. Es gibt keinen Fehler. Und ich werde dir auch gleich sagen, wer du bist, damit du sicher sein kannst, dass kein Fehler vorliegt. Vergiss die Karten in deiner Brieftasche."

„Du weisst also, wer ich bin?"

„Natürlich."

Ehe ich mich's versah, stand ich vor ihr und fragte flehend: „Wer bin ich? Mein Gott, wer bin ich?"

„Ich werde es dir gleich sagen. Bitte, setz dich, ich mache uns Kaffee. Einen halben Löffel Zucker?" hauchte sie so verführerisch, wie sie nur konnte, und verschwand durch eine Seitentür, die wohl in die Küche führte.

Ich setzte mich wieder, starrte auf die Tür und wartete auf jene unergründliche Frau. Mittlerweile war ich davon überzeugt, dass sie sich auf eine abnorme, mir unverständliche Art daran ergötzte, mit mir zu spielen. Sie wusste bestimmt nicht, wer ich war, sie wusste ganz sicher überhaupt nichts über mich, aber es gefiel ihr, mich weiter zum Opfer ihrer

Verführungskünste zu machen. Vielleicht fühlte sie sich so darin bestätigt, begehrenswert zu sein und einen Mann zu beherrschen, ihn soweit zu bringen zu tun, was immer sie wollte und wann sie es wollte. Sie erinnerte mich – nein, nicht an Suâd, die ich immer noch liebte, daran hatte die schwierige Beziehung während der letzten sieben Jahre nichts geändert, sondern an ihre Freundin Jusra Mufti. Es gab eine Zeit in meinem Leben, da hielt ich es keinen Tag aus, ohne sie nicht mindestens einmal zu sehen oder mit ihr zu telefonieren, und sei es auch nur für zwei Minuten. Das war vor einigen Jahren gewesen, als sie mich in eine ungemein intensive Beziehung hineinzog, die meine Persönlichkeit bis an die Grenze des Wahnsinns erschüttern sollte. (Grossartig! Ich begann mich an ein Stück Vergangenheit zu erinnern! Nur: Ich erinnerte mich an Suâd und an Jusra, an meinen eigenen Namen aber sollte ich mich nicht erinnern können?) Jusra erlebte die Jahre ihrer überschäumenden Weiblichkeit in vollen Zügen. Männer und Frauen drehten sich nach ihr um, wo immer sie auftrat, gebannt von der unglaublichen Schönheit ihres Gesichts und ihres Körpers. Auf die Verführungsversuche, denen sie überall ausgesetzt war, reagierte sie immer heftiger, als müsse sie sich ständig selbst beweisen, dass ihre Schönheit nicht nur eine Illusion war. So etwas musste Männer anziehen, Liebhaber, die ihretwegen den Kopf verloren, sich in tollkühne Abenteuer stürzten und ihre Verehrung in Worte kleideten, als seien sie Dichter. Dann gab sie der Verführung nach – bis zu einem gewissen Grad. Denn zugleich fürchtete sie sich, in etwas hineinzugeraten, und tat alles, dergleichen zu vermeiden. Das Interesse und die Leidenschaft anderer zu wecken, bereitete ihr viel mehr Befriedigung, als selbst Interesse und Leidenschaft zu entwickeln. Wenn sie einem Mann erlaubte, sie in einer dunklen Ecke zu küssen, begehrte sie ihn nicht unbedingt um seinetwillen. Wenn sie einem Verehrer ihre Brüste entblösste oder zuliess, dass sich seine Hand auf ihren Schenkeln vortastete, dann empfand sie nur Lust an sich selbst, für sich selbst. Dann war sie nahe am Gipfel ihrer Lust, ohne sich gross für denjenigen zu interessieren, der die Ursache dafür war. Ihre Schönheit war für sie nur ein Mittel, eine Berührung oder einen Kuss zu erhaschen, den ihre Phantasie bis zum Ende ausspann, dem Ende, nach dem sie immer öfter verlangte. Wenn sie sich dann mit dem Pseudoliebhaber zurückzog, war es ihre grösste Lust zu sehen, wie seine Augen die Schönheit ihres Körpers verschlangen, wie er sein Gesicht wie ein Tier in der Pracht ihres Leibes und ihrer Schenkel vergrub. Wenn er sie besass oder glaubte, sie wirklich zu besitzen, wusste er nicht, dass sie die Augen vor ihm verschloss und in ihrem Bewusstsein, das ihm ebenso verschlossen blieb, in die Hölle ihrer einsamen, mit niemandem geteilten Lust fiel. Sie besass ihn, so wie sie es wollte, und erlaubte ihm nicht, irgend etwas von ihrem wirklichen Selbst mitzunehmen, wenn er sie verliess. Der Liebhaber würde sich an sein Vergnügen erinnern, aber was er getan hatte, endete an diesem Punkt. Er nahm von ihr keine Zuneigung oder Sehnsucht mit. Vielleicht entdeckte er, dass er nicht selbst gemeint, sondern nur Mittel zum Zweck war. Wenn sie sich von ihm zurückzog, behielt sie kein körperliches Bild, keine Empfindung von ihm zurück, nur das Gefühl der sexuellen Erregung, der sie sich hingegeben hatte, das Verlangen nach diesem gewaltigen Schauder, den sie wieder und wieder spüren wollte. Sie mochte ihn für sich selbst wiederholen, so lange, bis ihre Glieder vor Lust und Erschöpfung ermatteten und danach in einen schwarzen, traumlosen Schlaf versanken ... All das habe ich selbst entdeckt und erlitten und mich Hals über Kopf zu meiner teuren Suâd gerettet, um von ihr erlöst zu werden.

Ich erinnerte mich vollkommen deutlich an all das. Vielleicht sollte ich mich ja vorsehen, damit sich diese Erfahrung nicht nach all diesen Jahren mit dieser seltsamen Frau – Lamyâ, Afrâ – wiederholte. Ich griff nach einem der beiden Bücher auf dem Tisch, demjenigen, dessen Titel mich schon beim Hereinkommen neugierig gemacht hatte: *Die Alternative.* Und um mir die Zeit zu vertreiben, bis meine Gefährtin mit dem Kaffee wiederkam, begann ich eher achtlos darin zu blättern. Doch da stiess ich auf einen Namen, der immer wieder auftauchte: Jusra Mufti! Das war doch nicht möglich! Und als ich mich nun auf einzelne Passagen konzentrierte, stiess ich auf einen Absatz, wo es doch wirklich hiess: „Es gab eine Zeit in meinem Leben, da hielt ich es keinen Tag aus, ohne sie nicht mindestens einmal zu sehen oder mit ihr zu telefonieren, und sei es auch nur für zwei Minuten. Das war vor einigen Jahren gewesen, als sie mich in eine ungemein intensive Beziehung hineinzog, die meine Persönlichkeit bis an die Grenze des Wahnsinns erschüttern sollte. (Grossartig! Ich begann, mich an ein Stück Vergangenheit zu erinnern! Nur: Ich erinnerte mich an Suâd und an Jusra, an meinen eigenen Namen aber sollte ich mich nicht erinnern können?) Jusra erlebte die Jahre ihrer überschäumenden Weiblichkeit in vollen Zügen. Männer und Frauen drehten sich nach ihr um, wo immer sie auftrat ...“

Ich war fassungslos. Beim Weiterlesen überfiel mich Panik, und das Herz schlug mir bis zum Hals. Handelte dieses Buch etwa von mir, von meinem Leben – oder spielte mir mein Gedächtnis einen furchtbaren Streich? Erinnerte ich mich etwa an Passagen aus einem Buch und bildete mir jetzt ein, ihr Autor und ihr Held zu sein? *Die Alternative!* Vielleicht hatte ich dieses Buch vor ein paar Tagen gelesen – der Titel schien mir sehr vertraut. Demnach habe ich in meinem Leben nie eine Frau namens Jusra Mufti gekannt ... ich schreibe mir eine Erfahrung zu, die ich nur auf den Seiten eines Buches erlebt habe ... ich erinnere mich an nichts, was ich wirklich getan habe! Wenn ich mich nicht einmal mehr an meinen eigenen Namen erinnerte, der mich mein ganzes Leben begleitet hatte, wie sollte ich mich dann an all die vergänglichen Dinge erinnern, die mit den vorüberziehenden Tagen und Bildern entschwunden waren?

Aber nicht einmal meinen Illusionen mochte ich noch trauen. Vielleicht war ja die Täuschung noch von einer ganz anderen Art. War es, nach all den Ereignissen in dieser Nacht, nicht möglich, dass das Buch wirklich die Geschichte meines Lebens enthielt? Und wie konnte das sein, wenn ich es nicht selbst geschrieben hatte? Aber – und hier lag das Problem – ich erinnerte mich nicht, jemals ein Buch geschrieben zu haben ... Herrje! Ich ... wer bin ich? Ich lese Bücher, aber ich schreibe doch keine ... Ich bin das Opfer eines furchtbaren Fehlers ... Wo bleibt diese Schlampe mit ihrem Kaffee! Wo bist du, Afrâ, Lamyâ, Suâd, Jusra Mufti?

Mit aller Kraft schleuderte ich das Buch gegen die Küchentür, erhob mich und stiess sie mit Gewalt auf, um die Sache endlich zu klären.

Vor mir stand eine Frau, die gerade den Kaffee in vier auf einem silbernen Tablett aufgereihte Tassen giessen wollte. Es war eine kleine Küche, eine sogenannte Teeküche, wie sie gewöhnlich zu einem luxuriös ausgestatteten Schlafzimmer gehört. Und auf der gegenüberliegenden Seite befand sich tatsächlich eine weitere Tür.

„Du hast mich erschreckt!" rief die Frau, und die Kanne zitterte in ihrer Hand. „Was ist los mit dir? Kannst du nicht warten?"

„Du hier?" brüllte ich sie an.

Es war die andere Frau, die Anklägerin aus der ersten Gerichtsverhandlung in dieser Nacht. Sie trug jetzt eine Art Uniform: orangefarbiger Rock, orangefarbige Bluse und im Haar eine ebenfalls orangefarbige, in die Stirn gezogene Mütze.

Noch bevor sie antworten konnte, schleuderte ich ihr einen Wortschwall voller Wut und Verachtung entgegen: „Sogar deinen Namen habe ich vergessen! Sâki*, ah … Sâi, Haifâ Sâi … Wo ist deine Freundin? Wohin ist sie verschwunden? Was soll diese dämliche Verkleidung? Bist du etwa Stewardess? Für wen sind diese vier Tassen? Wieso lässt du mich auf den Kaffee warten und kommst nicht? Was soll diese *Alternative* und Jusra Mufti, und Suâd und Alîwi, Mister Goldknopf?"

* Arab. *Sâki:* Mundschenk; Anspielung auf ihre gerade beschriebene Tätigkeit des Einschenkens. Im gesprochenen Arabisch der urbanen Dialekte, die den Laut „k" gewöhnlich ausfallen lassen, ist die Assonanz der beiden Namen noch deutlicher.

Ich blieb in einem sinnlosen Gestammel stecken. Haifâ stand wie versteinert da und starrte mich noch immer an. Der Kaffee schwappte aus der Kanne, so stark zitterte ihre Hand. Sie hatte wirklich Angst und hob sogar schützend ihre andere Hand, als wollte sie einen Schlag ins Gesicht abwehren.

„Schon gut! Schon gut!" polterte ich weiter, mit einer Stimme, die ich nicht mehr als die meine erkannte, weil es nicht meine Art ist, Leute anzuschreien, selbst wenn ich ausser mir bin vor Zorn. „Keine Angst! Ich werde nicht handgreiflich. Und ich schlage keine Frauen. Aus welcher verdammten Hölle bist du diesmal aufgetaucht?"

Ich muss wie ein Wahnsinniger gewirkt haben, wie ich da stand und völlig unkontrolliert herumbrüllte. Haifâ würde mir den Kaffee gewiss ins Gesicht schütten, wenn ich ihr zu nahe kam. Aber sie hatte sich schon wieder im Griff, kam auf mich zu und streichelte sanft meine Wange. „Du hast ja recht", beruhigte sie mich, „du hast völlig recht, dich aufzuregen … alles hat seine Grenzen. Du hast ja recht. Willst du deinen Kaffee nicht trinken? Darf ich ihn dir einschenken? Bitte …" Sie wandte sich den Tassen zu, goss reihum ein wenig Kaffee ein und begann dann von vorn, bis sie alle gefüllt hatte. Ich sah ihr zu und bemühte mich, die Nerven zu behalten.

„Der Schaum ist weg! Er ist verschwunden*", stellte sie fest und setzte dann mit einem schelmischen Seitenblick

* Der Schaum gilt gewöhnlich als Zeichen dafür, dass der Kaffee mit der verlangten Sorgfalt aufgekocht wurde; durch die beschriebene Technik, den Kaffee schrittweise reihum einzuschenken, sollen sich Kaffeeschaum und -satz gleichmässig auf alle Tassen verteilen.

hinzu: „Deine Schuld … du hast mir Angst eingejagt." Damit nahm sie das Tablett in beide Hände. „Nun komm. Du bist nicht der einzige, der wartet." Und mit einem reizenden Zwinkern fügte sie hinzu: „Was immer passiert, bleib bei mir, hm? Aber halt mir erst einmal die Tür auf."

„In meinem ganzen Leben habe ich nicht so viele Türen geöffnet wie in dieser Nacht", murmelte ich und öffnete sie in der Erwartung, ein vollständig eingerichtetes Schlafzimmer zu betreten, mit einem breiten Bett, in dem ein Mann liegen mochte, oder eine Frau, oder ein Mann und eine Frau zusammen. Wer weiss? Haifâ ging vor mir hindurch, und ich folgte ihr.

Wann würde ich wohl endlich lernen, dass ich stets etwas anderes zu sehen bekam, als ich erwartete? Wann würde ich endlich lernen, die Dinge zu nehmen, wie sie kamen, und mich nicht mehr von etwas Neuem oder Unerwartetem aus der Fassung bringen zu lassen?

Ich sah wirklich einen Mann ausgestreckt daliegen, aber nicht in einem Bett, sondern auf einem OP-Tisch. Der Raum – ein Operationssaal. Helles, gleissendes Licht. Ein Chirurg im langen, weissen Mantel, mit Mundschutz und einem Skalpell in der Hand. Neben ihm eine Krankenschwester – oder war es eine Ärztin? Wer anders wohl als Afrâ, Lamyâ, Jusra Mufti? Ich erkannte sie sofort, trotz Mundschutz und Arztkittel. Krankenschwestern waren auch da, von denen ich aber keine erkannte, dazu noch weitere Ärzte und Studenten. Dahinter zogen sich, wie in einem Hörsaal, Sitzreihen empor, in denen viele Studenten sassen, die anscheinend den chirurgischen Eingriff verfolgten und Notizen in ihre Hefte schrieben.

Obwohl wir vollkommen lautlos eingetreten waren, richteten sich aller Augen sofort auf uns. Auch der Chirurg sah zu uns herüber, legte das Skalpell beiseite und zog den Mundschutz ab. Er nahm seine Mütze ab, unter der dichtes, hellgraues Haar hervorquoll. „Ein Willkomm dem grossen Denker!" rief er uns herzlich entgegen, zog seine Gummihandschuhe aus und reichte sie einer Krankenschwester.

Haifâ trat mit dem Tablett auf mich zu, und ich nahm eine Tasse Kaffee. Sie ging weiter zu dem Chirurgen, der seine Tasse entgegennahm, dann zu der Ärztin, die ebenfalls die Maske vom Mund gezogen und die Handschuhe abgelegt hatte. Die vierte Tasse behielt Haifâ für sich selbst und kehrte an meine Seite zurück, als wolle sie mich unter ihrem Schutz behalten.

Der Chirurg begann mit kräftiger und vitaler Stimme zu sprechen. Er war ein Mann um die sechzig, mit dichtem, beinahe weissem Haar und buschigen, weissen Augenbrauen – der Inbegriff des weisen Arztes, des Philosophen, wie wir ihn uns so gerne vorstellen. Er deutete mit der Kaffeetasse in der Hand auf mich und sprach: „Wundern Sie sich nicht, nunmehr ein weiteres Mal Nimr Alwân vor sich zu sehen, oder Âdil Tîbi, oder Alwân Âdil, oder Tîbi Nimr."

Er nahm einen Schluck aus seiner Tasse (ich tat es ihm nach und ermahnte mich selbst zu Ruhe und Geduld) und fuhr fort: „Alle diese Namen bezeichnen ein und denselben Mann, und in Wirklichkeit handelt es sich, wie Sie sehen werden, letztlich um ein und denselben Namen für eine Person, die wahrscheinlich in mehr als nur zwei Teile gespalten ist. Teile, die sich vielleicht eines Tages zu einem Ganzen zusammenfügen werden, oder auch nicht. Er ist es, den Sie hier auf dem OP-Tisch sehen ... Die Kamera, bitte, damit die vollständige Übereinstimmung zwischen dem Gesicht des Mannes auf dem OP und dem unseres grossen Gastes hier deutlich wird."

Auf einem Fernsehschirm an der Wand vor mir sah ich eine Grossaufnahme vom Antlitz des Mannes, und dann von meinem eigenen Gesicht. Oder von dem, was der Chirurg oder die Kamera für mein Gesicht hielten, denn ich schwöre, ich kannte keines der beiden „identischen" Gesichter.

Der Professor fuhr fort: „Vielleicht erinnern Sie sich an den französischen Dichter André Breton, der in seiner Jugend einmal, in einem Zustand zwischen Träumen und

Wachen, jenen berühmten Satz niederschrieb: *Da ist ein Mann, der vom Fenster entzweigeschnitten wird.* Das war, wie Sie wissen, der Anfang zu seiner Theorie vom automatischen oder spontanen Schreiben, der viele seiner Weggefährten folgen sollten. Nehmt die Weisheit aus dem Mund der Wahnsinnigen! Denn davon wollten er und seine Kollegen, Dichter und Künstler, sich inspirieren lassen. Sie selbst wollten eine Art von Wahnsinn erreichen, die ihnen zugleich die Herrlichkeit des menschlichen Geschöpfs bestätigte, seine Komplexität und jene Fülle von Dingen, die unsere Denker nicht logisch und abschliessend zu erklären wissen, obwohl alle menschlichen Zivilisationen daraus entspringen. Jener entzweigeschnittene Mann, dessen Nähe der französische Dichter spürte, ist der Mensch, der versucht, beide Seiten seiner Existenz mit eigenen Augen zu sehen und zusammenzufügen: das Bewusste und das Unbewusste, Verstand und Instinkt, Realität und Vision. Wir können sagen, dass einer dieser beiden Pole – um genauer zu sein: einer der vielen Pole – nun vor uns steht. Der andere, dessen Menschwerdung wir das nächste Mal zu erklären versuchen werden, liegt schlafend auf dem OP. Doch der eine belebt den anderen. Beide sind halb, und beide sind eins, zur gleichen Zeit. Da meine Kollegin, Doktor Lamyâ, gleich darüber sprechen wird, muss ich Sie nicht extra daran erinnern, dass die Kreativität der Künstler, der Dichter und auch der Wissenschaftler in unserer und in vergangenen Epochen – denken Sie nur an die Sumerer, an Babylon und das pharaonische Ägypten – zum grossen Teil dem Versuch entsprungen ist, jene schlafende Bestie in unserem Innersten zu wecken. Ich meine ‚Bestie' im übertragenen Sinne: Es handelt sich um ein ausserordentlich lebendiges und zugleich phantastisches, ein ungemein schönes und zugleich abgrundtief scheussliches Wesen. Ein Wesen voller Lust und Leidenschaft für das Leben, solange noch Blut in seinen Adern fliesst. Also, ein grosser Teil dieser Kreativität ist, wie gesagt, der Versuch, die schlummernde Bestie in unserem Innersten zu wecken, zugleich aber auch ein Versuch, diese kaum zu bändigende, hartnäckig ihr Recht fordernde Bestie mit dem zivilisierten Menschen auszusöhnen, der durch das Leben geht und seinen Blick auf die wirklichen Dinge richtet, auf die fassbare, physische Welt ... Hierin liegt ihre Bedeutung für uns als eine auf Verstand und Logik gegründete, zivilisierte Gesellschaft. Es bleibt jedoch die Frage: Ist eine solche Versöhnung möglich? Und wenn sie möglich ist, kann sie absolut und vollständig sein? Und was ist, wenn es zu einer neuerlichen Spaltung kommt und das Geschöpf abermals zerbricht? Doktor Lamyâ, darf ich Sie bitten, uns einige dieser Fragen zu beantworten?"

Mit vollendeter Anmut und Eleganz, zugleich aber mit den präzisen Bewegungen einer Ärztin stellte Lamyâ ihre Kaffeetasse zur Seite, nahm dem Arzt die seine aus der Hand und stellte sie dazu. Dann kam sie zu mir herüber, nahm meine Tasse entgegen und schaute mir dabei tief und lange in die Augen. (Warum hätte sie, als Ärztin, die Tassen einsammeln sollen, wenn nicht, um sich mir zu nähern und mich mit ihren grossen Augen bis in die Tiefe zu durchdringen? Ach, Frau Doktor! Hast du in mir eine schlafende Bestie geweckt, von der ich nichts weiss, und tust es noch immer? Aber du beherrschst diese Bestie, du hast ihr die Krallen gezogen und lässt sie aus deiner Hand fressen!) Aus der Tiefe meiner zerfallenden, schwindenden Erinnerung stiegen Verse auf wie Fontänen. Unzählige Gedichte ergossen sich mit einem Mal aus allen Winkeln meines Schädels, aus allen Poren meiner Haut, in allen Sprachen der Welt, solchen, die ich beherrsche, und anderen, die ich nicht kenne ... Ich fühlte, wie sich meine Lippen bewegten und aussprachen, was mir in den Sinn kam, ohne genau zu wissen, was es war: *„Ich liebkose alles, was du warst / In allem, was es immer noch sein mag / Höre ich melodisch / deine unzähligen Arme pfeifen / Einzigartige Schlange in allen Bäumen!"*

Der Chirurg, Haifâ und das Publikum aus Ärzten, Krankenschwestern und Studenten betrachteten, wie ich jetzt bemerkte, die einzigartige Schlange mit dem gleichen Interesse wie ich.

Ich war nicht sicher, ob ich wirklich gesagt hatte, was ich meinte, ausgesprochen zu haben, aber ganz bestimmt hatte sie es gefühlt oder mit ihrem inneren Ohr gehört. Sie schien das Auge der Kamera (oder der Kameras?) zu suchen, denn sie entfernte sich wieder von mir und bezog Position am Operationstisch, neben dem Kopf des liegenden Mannes. Im souveränen Tonfall eines Redners, der sich seines Wissens sicher ist, wandte sie sich zum Publikum, während ihre Blicke vor allem mich suchten.

„Mein verehrter Lehrer Doktor Ali Tawwâb, liebe Kolleginnen und Kollegen. Ich möchte nicht ausschliessen, dass die Gedanken des grossen Denkers, der hier vor uns steht, in diesem Moment insgeheim voller Poesie sind ... Ich halte es auch nicht für unwahrscheinlich, dass es sich überwiegend um Liebeslyrik handelt, obwohl unser Gast, soweit mir bekannt, keine Gedichte schreibt. Vielleicht haben wir hier ja einen jener Versuche des Bewusstseins vor uns, Frieden zu finden, einen Ausgleich zwischen der Bestie und dem Engel, zwischen Traum und Realität, Möglichem und Unmöglichem. Und wenn wir einiges von dem zu lesen versuchten, was unserem schlafenden Freund hier, dem anderen Doktor Nimr Alwân, soeben durch den Kopf geht, fänden wir möglicherweise das genaue Gegenteil von dem, woran sein anderes Bewusstsein denkt, das dort steht …"

Sie hob den Blick zur Decke, und ihre Lippen zitterten, als lausche sie einer fernen, verborgenen Stimme, die sie nur mit Mühe einfangen könnte. Dann begann sie, als spreche sie anstelle ihres vor ihr ausgestreckten Freundes: *„Der volle Mond giesst sein Licht auf die Speicher des Herbstes / Schatten fallen von den Dächern der Häuser / In den leeren Fenstern errichtet das Schweigen sein Reich / Doch zwischen Dachbalken kommen die Ratten hervor / Sie huschen umher, sie flüstern …* Beachten Sie: das Schweigen, die Trauer, Impressionen der Kindheit, die Natur, gedankenlos, still, nichts spricht, nur die Ratten in den Speichern. Hier sind der Frieden und die Ruhe, dort ist die ewige Trauer, wie eine alte Melodie: *Schatten fallen von den Dächern der Häuser / In den leeren Fenstern errichtet das Schweigen sein Reich.*"

Unvermittelt änderte sie ihren Tonfall, wandte sich um und zeigte mit dem Finger auf mich, als klage sie mich an: „Doktor, was werden Sie sagen, wenn ich Ihnen jetzt befehle, sofort auszusprechen, was Ihnen gerade durch den Kopf geht? Sprechen Sie!"

Ich sah mich um. Alle wollten, dass ich sprach. Mir blieb nichts übrig, als die Fontänen aus Versen aufzunehmen, die noch immer aus den Tiefen meines Schädels strömten: *„Eine*

Dornenwüste umgibt die Stadt / Von den blutgetränkten Schwellen / Vertreibt der Mond die verängstigten Frauen / Und hungrige Wölfe strömen durch alle Tore.“

Ich sprach die Worte langsam, betonte die Silben sorgfältig und legte einen dramatischen Klang von Schrecken und Leid in jede Formulierung. Doch Lamyâ hob ihre rechte Hand und rief: „Genug! Genug! Herr Professor, er betrügt! Er setzt sich schon wieder eine andere Maske auf ... Doktor Âdil, legen Sie die Maske ab, nur für zwei, drei Minuten, sagen Sie einfach, was Ihnen in den Sinn kommt!“

Willenlos und unbewusst gehorchte ich: *„Liebe ich deine Augen / Oder deine Lippen? / Verehre ich deine Hände / Oder deine grazile Gestalt? / Verzeih mein Irren, meine Wirrnis / Denn mal / Hänge ich an deinen Augen und mal / An deiner Gestalt / Weckt doch alles an dir / Die Liebe / Im ersten Augenblick / Und im nächsten / Die Leidenschaft ...“*

Der Augenblick erschien mir ungemein ernst, geradezu düster, doch Doktor Lamyâ kam lachend und mit erhobener Hand auf mich zu: „Nein, nicht doch! So war das nicht gemeint!“ Ratlos blickte sie umher und lachte weiter, aus Verlegenheit, vielleicht auch aus Scham. Aber ich musste herauslassen, was in mir war, genau so, wie sie es verlangt hatte, und in mir war genau das, was ich gesagt hatte. Ihr Lachen mochte ein Ausdruck des Protests sein, aber ich wusste, es lagen darin zugleich auch Bestätigung und Wohlgefallen.

„Dein Lachen / Widerhall des Wahnsinns jedem, der es hört / Weckt in der Seele das Echo / Der Lust / Nichts gleicht ihm in dieser Welt / Als meine Leidenschaft / Für deine Augen / Als mein Verlangen / Deinen grazilen / Geschmeidigen Leib zu umfassen / Er

weiss von dem Feuer / Das er in meinen Adern entfacht / Oder weiss er es nicht? / Lache, meine Ärztin / Lache und wende dich ab / Mein Blick hängt an deinen Augen / Deinen Lippen, deinen Händen / Und allen Gliedern, die Gott / Als ein Wunder an dir schuf.“

Stürmischer Beifall brandete auf. Selbst der alte Arzt applaudierte, und die Studenten begannen vor Begeisterung rhythmisch in die Hände zu klatschen. Es gefiel ihnen ganz offensichtlich, ein Liebesgedicht auf ihre Lehrerin zu hören. Als hätte ich ihre geheimsten Wünsche ausgesprochen, als wollten sie diese Medizinerin lieber zur Geliebten als zur Dozentin haben. Ich aber blieb wie angenagelt an meinem Platz stehen und wusste nicht, wie ich mich verhalten sollte. Aber, ich will es nicht leugnen, ich verspürte eine tiefe Zufriedenheit mit mir selbst, komme, was da wolle!

Auch Lamyâ war beeindruckt und geschmeichelt – so sehr sie das Gegenteil vorgeben mochte. Sie wartete, bis sich der Beifall legte, die Stille wieder einkehrte, und sagte dann vollkommen ernst: „Wir befinden uns im Zustand eines rasanten Pendelns, von einem Extrem zum anderen, mit einer Geschwindigkeit, die eine genaue Bestimmung unmöglich macht, denn die Positionen überschneiden sich in den mittleren Zonen, dort, wo am ehesten die Erfahrung der täglichen Existenz des Menschen liegt: Ständig versucht er, einen Punkt der Ruhe und der Klarheit zu erreichen und festzuhalten, aber die Kräfte, die ihn treiben, lassen in ihrer Wirkung nicht nach. Wir aber, bei unserer Suche nach den vielen unbekannten Bildern der Wahrheit, versuchen diese Bewegung an einem ihrer Extrempunkte anzuhalten. Diese Momente des ‚Stillstands‘ isolieren wir und versuchen darin zu erkennen, was wirklich im Bewusstsein, in den Tiefen der menschlichen Seele abläuft, wo alles Bedeutsame und wirklich Wichtige geschieht. Denn wenn wir jetzt diesem Mann hier oder irgendeinem von uns die Frage stellten: Wer bist du?, so wird er antworten wie der Philosoph: Für das Universum bin ich nichts, aber für mich selbst bin ich alles!"

„Erlauben Sie mir, Doktor Lamyâ", unterbrach sie Doktor Ali Tawwâb an dieser Stelle, „einen Blick auf unseren Freund Nimr Alwân zu werfen. Möglicherweise kommt er zu Bewusstsein, bevor wir unser Vorhaben zu Ende geführt haben."

Er beugte sich herab und studierte die Züge des Mannes, der auf dem Operationstisch lag. Auf dem Bildschirm sah ich sein Gesicht in Nahaufnahme, eingeblendet im Wechsel mit Aufnahmen meines angeblichen Gesichtes. Beide Bilder sahen sich auf verstörende Weise ähnlich. Der Chirurg richtete sich wieder auf, strich sich das volle Haar aus der Stirn und fuhr mit sonorer Stimme fort: „Phantastisch, wirklich phantastisch! Mir kommt gerade ein Ausspruch des englischen Schriftstellers – oder war er Ire? – Jonathan Swift, dieses ätzenden Spötters, in den Sinn: *Das Leben ist eine Tragikomödie, und die sind gewöhnlich am schlechtesten geschrieben.* Aber ob das Leben nun eine tragische Komödie ist oder eine komische Tragödie, wir müssen weitermachen, wie schlecht das Stück auch immer geschrieben sein mag. Wir müssen also diese Unzulänglichkeit ertragen und sie mit dem grösstmöglichen Mass an Würde und Selbstachtung auf uns nehmen. Damit aber wird alles nur noch komplizierter: Wo ist hier die Tragödie, und wo die Komödie? Was ist lächerlich, was traurig? Und wo vermischen sich die beiden, und warum vermischen sie sich? Wenn wir untersuchen, wie sich Denken und Leben des Nimr Alwân entwickelt haben, wird uns sehr viel davon begegnen. Über einen Zeitraum von zwanzig Jahren hat er sich von einem Rebellen, einem Agitator und Provokateur, zu dem entwikkelt, was ihm von Anfang an eingeschrieben war: Er wurde zum Lehrer, zum Analytiker, er tritt im Gewand des Propheten auf, ob nun zu Recht oder zu Unrecht. Vom verlorenen Sohn zum wachsamen Vater. Vom Populisten zum Wortführer der Elite – und wie sehr steckt doch das eine im anderen. Weist nicht all das auf einen tiefen Riss im Selbst hin, einem Selbst, in dem die Gegensätze miteinander ringen wie der Gläubige und der Ungläubige, wie der Verworfene, der von der Welt nichts will als ihre Genüsse, und der Fromme, der über die Welt weint und nichts will als das Wohlgefallen seines Schöpfers?"

Er hielt einen Augenblick inne, als wolle er dem Publikum Gelegenheit geben, seine tiefe Weisheit und seine herausragenden Erkenntnisse zu würdigen. Redete er noch über mich? Oder sprach er über einen anderen Menschen, den er in diesem Moment erfunden hatte, um einen chirurgischen Eingriff zu rechtfertigen, eine Art Operation, wie ich sie noch nie gesehen hatte?

Zu meiner Erleichterung schaltete sich Lamyâ genau in diesem Augenblick mit der ihr eigenen Gewandtheit ein: „Verehrter Herr Professor, wir sollten uns vor allzu groben Vereinfachungen hüten und konsequent in das unzugängliche, geheimnisvolle Dunkel des Bewusstseins vorstossen … Wenn alles zählbar, analysierbar und verstehbar wäre, wäre die Sache einfach. Aber die rätselhafte Gewalt der Träume, von denen wir im Schlaf nur einen kleinen Teil wahrnehmen, wirkt in den wachen Stunden weiter, ohne dass es uns bewusst ist – da liegt das Problem. Die Dunkelheit mit ihren Schatten bedrängt uns gerade dort, wo wir das Licht und die klare Sicht suchen. Meiner Ansicht nach hat sich Âdil Tîbi, oder Nimr Alwân, und vielleicht lautet sein wirklicher Name ja völlig anders, in Regionen vorgewagt, wo sein Selbst sich nicht mehr zu erkennen vermag, wo sein Gedächtnis – die Erinnerung der erlebten Erfahrung – und sein Wille erlahmen, wo er auf alles, was ihm begegnet, nur noch instinktiv reagieren kann und nicht mehr in der Lage ist, ein Ereignis mit einem vorangegangenen oder einem nachfolgenden in Verbindung zu bringen. In einer solchen Situation muss sein logisches Denken – wenn wir es denn so nennen wollen – zum blossen Wahn werden ..."

Nein! Das war mehr, als ich ertragen konnte. Wenn ich schon mein Gedächtnis eingebüsst hatte, wollte ich nicht auch noch den Verstand verlieren. Ich fiel der schönen Ärztin ins Wort. „Vielleicht urteilen Sie ja über ein Produkt ihrer eigenen Phantasie! Sie legen sich nach Belieben etwas zurecht und nennen es Wahnsinn. Aber ich lasse mich nicht zum Wahnsinnigen machen. Ich spreche nur aus, was in meinem Innersten brennt. Dort lodert ein ewiges Feuer, dessen Flammen sich überall hin ausbreiten sollen, damit euch die Kraft seiner Hitze versengt, ein Teil seiner Glut trifft. Sehr geehrter Herr Professor, sehr verehrte Frau Doktor, hochgeschätzte Studenten! *Trügen die Wolken soviel Staub wie Wasser / So regnete auf uns das Blut unserer Geliebten ...* Wenn Sie glauben, dass aus diesem Satz der Wahnsinn spricht, dann befinden Sie sich allerdings in einer Krise, aus der Sie niemand retten kann. Vielleicht bin ich ja in zwei Hälften oder in Tausende von Teilen gespalten. Aber die Teile, die Splitter und die Scherben, trage ich in mir. Und ich weiss, dass ich sprechen werde, auch wenn ich das Gedächtnis verloren habe. Ich werde über Dinge sprechen, die Sie verstehen, und solche, die Sie nicht verstehen, und die Kraft dazu schöpfe ich aus den vielen Gedächtnissen, die ich in mir trage, wie die Bruchstücke und die Splitter. Wer sagt denn, dass sie sich vereinen und zusammenfügen müssen? Sie sind vorhanden, sie kämpfen um den Aufstieg ins Licht, zu einem schwankenden, ruhelosen Bewusstsein, das ständig aufs neue ins Dunkel abzustürzen droht. Meine Erinnerungen sind wie flackernde Glut unter der Asche, viel Glut, doch es ist noch mehr Asche, so viel mehr Asche! Hier liegt der Ursprung von Elend und Unglück. Gefühle, so gewaltig wie die Meeresbrandung, werden in eine Muschel gepfercht wie der Dschinn in Salomons Flasche, und mit ihnen die wunderbarsten, unglaublichsten Bilder. Mit einer Handbewegung könnte ich ewige, göttliche Paradiese auf Erden schaffen, und Männer und Frauen lebten in ewiger Leidenschaft. Doch ich weiss, genausogut könnten daraus Elend, Dummheit und Sünde entstehen, könnten an die Stelle der Paradiese die Abgründe der Hölle treten, und Männer und Frauen wären in ewiger Qual … All das habe ich durchgemacht, in dieser und in anderen langen Nächten, in diesem und in anderen Räumen, deren Existenz ich längst vergessen hatte. Am Ende bleibt mir nur zu wiederholen, was jemand einmal in einer anderen Zeit und einem anderen Land gesagt hat: *Nur die Hölle bietet Zuflucht für mein Unglück.* Wird ein schöner Engel in die

Hölle einbrechen, um eine gequälte Seele aus dem Feuer zu retten?"

„Sehen Sie, wie recht ich habe!?" rief Lamyâ zu den Publikumsrängen hinüber und zeigte mit dem Finger auf mich. „Gedächtnis und Willenskraft lassen ihn im Stich. Was bleibt, sprudelt unkontrolliert wie Luftblasen an die Oberfläche. Doch diese Blasen lohnen eine Untersuchung. Die Vermengung von Himmel und Hölle deutet auf einen Zusammenbruch des logischen Denkvermögens hin. Die Empfindung seiner wirklichen oder eingebildeten Fehler und Sünden zerreisst ihn, doch zugleich vermag er seine Sehnsucht nach Unschuld und Reinheit nicht aufzugeben, nach jener göttlichen Leidenschaft, die Teile von ihm erfasst, solche, die er mit seinen Sinnen wahrnimmt, und solche, die er nicht wahrnimmt. Wenn wir ihm jetzt erlaubten, seine ‚Rede' fortzusetzen, so bekämen wir nur noch mehr Wahnvorstellungen zu hören. Wir wollen ihren möglichen Unterhaltungswert nicht bestreiten, entscheidend ist aber, dass diese Wahnideen Hinweise auf Verborgenes enthalten, sie sind Anzeichen unbekannter Potentiale, die wir gerne sehen, zu denen wir gerne einen Weg finden würden, die wir aber nicht begreifen – niemals begreifen werden."

„Wenn wir schon von vornherein sagen, dass wir die verborgenen Bedeutungen und die unbekannten Potentiale nicht begreifen können, welchen Sinn hat dann unsere Operation, Doktor Lamyâ?" unterbrach sie der Chirurg scharf. „Merken Sie nicht, dass Sie ein Element des Absurden, ich würde beinahe sagen, der Verzweiflung in ein wissenschaftliches Vorhaben bringen, das mit Hilfe von Messungen, Analysen und mikroskopischen Untersuchungen nach Erklärungen sucht? Daher möchte ich jetzt Herrn Doktor Nimr Alwân/Âdil Tîbi bitten, sich auf den OP zu legen, sobald wir seinen Zwilling heruntergehoben haben, damit wir einige Untersuchungen und Messungen an seinem Gehirn durchführen können ..."

„Nein!" schrie ich. „Ihr seid doch alle verrückt! Ihr seid hier die Wahnsinnigen! Dieser angebliche Zwilling da auf dem OP, das ist doch bloss eine Puppe, mit der ihr mir Angst einjagen wollt!"

Ich ging zwischen den Ärzten und Krankenschwestern hindurch zu dem ausgestreckten Mann, stiess Doktor Ali Tawwâb grob zur Seite und beugte mich zu dem Kopf hinab, dessen Gesicht sie dem meinen ähnlich gemacht hatten. Bestimmt handelte es sich um eine kunstvoll eingefärbte und modellierte Puppe aus Gips. Ich ergriff den Kopf mit beiden Händen und schüttelte ihn brutal, in der Erwartung, dass er sich vom Körper lösen würde. Aber er – wie furchtbar! –, er schlug die Augen auf und starrte mich an. Dann bewegte er die Arme und drehte sich auf die Seite, mühsam, wie jemand, der gerade aus der Narkose erwacht, und stieg in seinem langen weissen Hemd von dem Operationstisch herunter, ohne sich um die an seinen Schläfen und verschiedenen anderen Körperteilen befestigten Elektroden zu kümmern.

„Nicht doch", schrie der Arzt und versuchte, mich von meinem Opfer wegzuzerren, „nicht doch! Sie haben alles verdorben!"

Aber das Opfer, mein armer Zwilling, rieb sich das Gesicht, zog eine dünne Maske ab und schleuderte sie zu Boden. Ich erkannte ihn sofort.

„Doktor Dschâssim!"

Er schüttelte den Kopf. „Râssim, Doktor Râssim Isat."

Da riss Ali Tawwâb, der Chirurg, sich mit einer wütenden Bewegung die Perücke mit dem dichten Haar vom Kopf, und zum Vorschein kam seine gewaltige, im Licht des Projektors schweissnass glänzende Glatze. Mit zwei Handgriffen zog er auch die buschigen falschen Augenbrauen ab.

„Alîwi?" schrie ich ihn an. „Das sind doch Sie, Alîwi! Sie haben das mit mir gemacht, Alîwi, Sie haben das gemacht!"

Ich packte ihn am Hals und drückte, um ihn zu erwürgen. Doch er war bullig und kräftig wie ein Stier. Mühelos sprengte er meine Umklammerung, stiess mich zurück und verschwand lautlos wie ein Schatten, bevor ich noch begriffen hatte, dass mich jemand von hinten festhielt und mit Râssim Isats Hilfe zur Tür zerrte. Dort erst merkte ich, dass es sich um Haifâ Sâi handelte, die Stewardess.

„Wo ist Lamyâ?" fragte ich sie.

„Lamyâ?" wiederholte sie und tat überrascht. „Lamyâ ist weg. Alle sind weg, niemand ist mehr hier, ausser uns."

„Wo sind die Ärzte? Wo sind die Studenten?"

„Keine Sorge, keine Sorge", antwortete mir beruhigend Doktor Râssim, der noch immer in seinem scheusslichen weissen Aufzug war, „Sie sind in guten Händen. Haifâ, ich lasse Doktor Nimr bei dir. Gib ihm ein Glas Wasser zu trinken. Ich muss mich beeilen!"

Damit entfernte er sich im Laufschritt. Ich lief ihm noch ein paar Schritte nach und rief ihm hinterher: „Vergessen Sie nicht, Alîwi für mich um eine Kopie von *Das Bekannte und das Unbekannte* zu bitten! Sie Fälscher! Sie Intrigant!"

Genau wie ihre Freundin war auch Haifâ ebenso freundlich wie bestimmt. Sie hielt mich fest, damit ich nicht hinter Râssim herlaufen konnte. „Was willst du denn von dem armen Teufel?" versuchte sie mich zu beruhigen. „Lass ihn und komm mit, die Arrangements sind beinahe vollständig."

„Die Arrangements? Was denn für Arrangements?"

„Vertraust du mir nicht?"

„Oh, absolut! Ich vertraue dir vollkommen, so wie allen hier. Du wirst mich jetzt zu Asâm Abu Haur bringen, ganz bestimmt, er war ja als einziger nicht da. Wie sehr er uns doch allen fehlt, der Gute …"

Mit einem Mal überschattete Trauer ihr Gesicht. „Du hast also davon gehört?"

„Sag's nicht! Hat er sich umgebracht?"

„Lass deinen Zynismus. Er ist tot … er starb an einem Herzschlag."

„Ich bitte dich, bring mich nicht zum Weinen. Machst du dich etwa auch über mich lustig? Du bist eine zweite Lamyâ."

Sie führte mich durch einen erleuchteten Tunnel, von dessen gewölbter Decke farbige Gebilde wie Eiskristalle hingen, die sich langsam drehten und dabei blitzten und funkelten. „Ich bin keine zweite Lamyâ", sagte meine Begleiterin, „merk dir das!"

„Du bist eine zweite Schlange in einem Paradies, das nicht Gott, sondern der Teufel erschaffen hat."

„Sind wir wieder bei den Wahnvorstellungen?"

„Was soll ich schon tun, als zu wiederholen: Nur die Hölle bietet Zuflucht für mein Unglück!"

„Und was soll ich über mein Unglück sagen?"

„Haifâ, phantasierst du etwa auch? Reicht uns nicht *eine* ‚gespaltene' Persönlichkeit?"

„Wenn du wüsstest!"

„Hast du mir was zu sagen? Dann rede! Rede!"

Ohne ihren schnellen Schritt zu verlangsamen, antwortete sie: „Hast du denn noch immer nicht gemerkt ... dass ich gar nicht Haifâ Sâi bin?"

„Na, so was!"

„Du glaubst mir nicht. Ich bin Jusra, Jusra Mufti."

„Du bist Jusra!!"

„Lamyâ hat dich blind gemacht, du siehst nichts als sie."

„Aber Jusra ist nicht real. Sie ist nur eine Figur in einem Roman, einem Buch ..."

„Du redest immer noch irre. Was soll ich bloss mit dir machen?"

„Diesmal bleibe ich dabei. Du bist Haifâ Sâi, aber vielleicht wärst du gern Jusra Mufti."

„Ich? Ich bin die unglücklichste Frau auf der Welt."

„Wegen denen, die du liebst, oder wegen denen, die dich lieben?" entgegnete ich etwas niederträchtig, bereute die Frage aber sofort. So viel Feindseligkeit hatte sie nicht verdient. „Entschuldige, Haifâ. Aber wieso solltest ausgerechnet du die unglücklichste Frau auf der Welt sein?"

Sie antwortete mir nicht. Wir gingen zügig weiter, bis wir eine Kreuzung erreichten, wo zwei weitere Tunnel in den unseren mündeten, aus denen stossend und schiebend eine grosse Zahl Menschen hervorquoll. Alle trugen eine oder mehrere Taschen und bewegten sich eilig auf die grosse Halle zu, die wir bald erreichten. Sie war voller Bewegung und Lärm.

„Wo ist deine Tasche?“ fragte Haifâ mich plötzlich.

„Wozu brauche ich eine Tasche?“

„Reist du denn ohne Gepäck?“

Nun wurde mir einiges klar. „Verreise ich? Mit dem Flugzeug?“

„Das hier ist ein grosser Bahnhof mit vielen Zugverbindungen, und es gibt auch eine Linie zum internationalen Flughafen.“

„Aber nach deiner orangefarbigen Uniform zu schliessen, wirst du ein Flugzeug besteigen, nicht wahr?“

„Aber welche Linie?“

„Ich weiss nicht mehr als du! Hast du mein Ticket nicht bei dir?“

„Ich habe nur deine Entlassungspapiere.“

„Die Papiere, die Alîwi arrangiert hat?“

„Und Lamyâ.“

Sie zog verschiedenfarbige Papiere aus ihrer Brusttasche, faltete sie auseinander und blieb stehen, um sie zu studieren. Die Leute liefen hastig an uns vorbei, sie rannten und stiessen uns an. Manche entschuldigten sich, andere nicht, und über die Lautsprecher kamen unaufhörlich Durchsagen über abfliegende und ankommende Flugzeuge, Personen wurden ausgerufen und zum Informationsschalter gebeten.

Mitten in dieser wogenden, lärmenden Menschenmasse zog ein kleines Mädchen in einem kurzen weissen Kleidchen meine Aufmerksamkeit auf sich. Sie mochte nicht älter als drei oder vier Jahre sein und stand, eine rote Rose in der Hand, verloren zwischen den Menschen, schaute nach links und rechts, als suche sie jemanden. Ich war wie elektrisiert, als ich in das strahlende Gesicht der Kleinen blickte. Ihre leuchtenden, grossen Augen musterten unablässig die Leute, die an ihr vorbeiströmten.

„Schau mal", rief ich der Stewardess zu, „ist sie nicht süss?"

Genau in diesem Moment fiel der Blick des Mädchens auf mich, als habe sie mich gehört. Sie erkannte mich, lief zwischen all den menschlichen Hindernissen hindurch auf mich zu und streckte mir die Hand mit der Rose entgegen. „Onkel Fâris!" rief sie aufgeregt und ausser Atem. „Die Rose ist für dich!"

„Sie ist wunderschön", antwortete ich und nahm die Blume, „genauso wie du." Ich hob die Kleine auf den Arm und küsste ihre Wangen. Sie erwiderte meinen Kuss, und als ich sie wieder absetzte, sagte ich zu ihr: „Warte einen Augenblick hier bei Tante Haifâ, mein Liebling, ich kaufe dir etwas Süsses."

Ohne ein weiteres Wort eilte ich hinüber zu den Läden auf der anderen Seite der Halle, wo es Süssigkeiten und Parfüme gab. Für ein paar Münzen, die ich in meiner Tasche fand, kaufte ich rasch einige Tafeln Schokolade und ein paar Tüten Süssigkeiten. Dann kehrte ich zurück zu dem Mädchen, das mich mit der Blume empfangen hatte.

Aber sie war nicht mehr da, und auch Haifâ nicht. Die Leute strömten noch immer hin und her. Ich schaute mich um, rannte zwischen Reisenden, Abholenden und Abschiednehmenden umher und musterte jedes Gesicht, jede Gestalt und jede Kleidung. Doch ich sah weder das süsse kleine Mädchen noch Haifâ.

Plötzlich fühlte ich mich so verloren wie nie zuvor in dieser Nacht. Mein Herz schlug so heftig, dass es schmerzte, und ich lief herum und schaute hierhin und dorthin, die Blume in der einen Hand, die Süssigkeiten in der anderen. Ich blickte in jedes Gesicht, ohne irgendein Gesicht zu sehen, ich sah nicht einmal einen Menschen – mir war zum Heulen zumute.

Da hörte ich eine Frauenstimme aus dem Lautsprecher: „Herr Fâris Sakkâr, Herr Fâris Sakkâr, bitte zum Informationsschalter drei ..."

Wie eine Welle überkam mich das Gefühl, dass dieser Ruf an mich, an niemand anderen als an mich gerichtet sein musste. Ich rannte los und suchte nach Informationsschalter drei. Als ich mich dort der Angestellten als Fâris Sakkâr vorstellte, sagte sie sehr freundlich: „Eben war ein Mann hier, der Sie gesucht hat."

In diesem Moment kam ein Mann auf mich zu, in einer Abâja, wie man sie am Persischen Golf trägt, auf dem Kopf die übliche, mit der dicken Schnur befestigte Kuffîja. Er umarmte mich zur Begrüssung. „Fâris! Da bist du ja! Du hast dich verspätet ... Wie war die Reise? Bequem, hoffentlich?"

„Ganz in Ordnung", antwortete ich.

„Der Wagen wartet", sagte er und setzte dann hinzu: „Wo ist denn dein Gepäck?"

„Ich bin diesmal ohne Gepäck gekommen."

„Na, ist ja egal."

Er nahm meinen Arm, und wir gingen gemeinsam zum Ausgang. Aus irgendeinem Grunde schaute ich mir das Profil meines neuen Freundes genau an. Eine Ahnung stieg in mir auf. „Trägst du die Kuffîja eigentlich immer?" platzte ich mit meiner Frage heraus.

Er lachte laut: „Was soll ich denn sonst zu einer Abâja tragen? Eine Melone vielleicht oder einen Zylinder? Ausserdem verdeckt eine Kuffîja die Glatze, wenn man sie richtig anlegt."

Ich blieb sofort stehen und schrie ihn an: „Alîwi! Du bist Alîwi!"

„Natürlich, Alîwi Abdaltawwâb", sagte er und lachte genauso laut wie zuvor, „wer soll ich denn sonst sein? James Bond?"

Für einen Augenblick überkam mich eine wahnwitzige Hoffnung. „Und Doktor ... Lamyâ ist im Auto?"

„Wer bitte ist Doktor Lamyâ?" fragte er mit einer Verwunderung zurück, die ich nicht erwartet hätte.

„Entschuldige bitte, Alîwi." Ich war zutiefst enttäuscht. „Ich bin wohl etwas verwirrt. Ich fürchtete schon, ich sei wirklich Doktor Nimr Alwân."

„Doktor wer?" fragte er, während wir durch die Glastür nach draussen gingen. „Warum nicht gleich Abu Said al-Hilâli?" lachte er vergnügt und setzte hinzu: „Das ist der Wagen, dort drüben, der weisse Mercedes." Er zog mich rasch hinüber, und als ich auf der Beifahrerseite einstieg und er losfuhr, kam es mir vor, als handle es sich um den gleichen Mercedes, in dem ich gestern mit Lamyâ gefahren war. Oder hoffte ich es nur, wie jemand, der das Unmögliche verlangt? Ich hob die Rose und roch ihren taufrischen Duft. Wenigstens diese Rose war echt ...

Als Alîwi merkte, dass ich still blieb, drehte er sich zu mir um. „Ich sehe, du bist mit deinen Gedanken woanders. Du hast wohl die letzte Nacht nicht geschlafen, hm? Reiss dich zusammen! Wir haben einen vollen Tag vor uns. Erinnere dich, heute abend bist du Ehrengast beim Bankett der Akademie der Wissenschaften im Hotel Meridien."

„Du meinst das Diner, das eine Reihe von Intellektuellen und Politikern zu meinen Ehren geben wird?"

„Genau. Du wirst Exemplare von deinem Buch signieren müssen."

„Welches Buch?"

„Was ist denn los mit dir? *Das Bekannte und das Unbekannte* natürlich, mit dem du uns allen den Kopf verdreht hast."

„Mein Buch? *Das Bekannte und das Unbekannte?*"

Alîwi schüttelte resigniert den Kopf. „Ich weiss wirklich nicht, was mit dir los ist. Bist du in Gedanken schon auf den ersten Seiten deines nächsten Buches?"

„Um Gottes willen, nein!"

Ich blickte aus dem Wagenfenster zum fernen Horizont. Rot und lodernd ging die Sonne zwischen dünnen Wolken auf, die aussahen, als wollten sie es ihr nachtun und ebenfalls Feuer fangen. Die Sonne stieg hinauf in die gewaltige Weite eines endlosen Blau, duftend wie eine gewaltige Rose, und der Himmel funkelte wie Lapislazuli.

Nachwort

„Mit ihm hat uns der Tod einen Schriftsteller ersten Ranges genommen, nicht nur den Freund und Autor, der mit allen wesentlichen Formen literarischen Schreibens vertraut war und sie beherrschte, nein auch den Menschen, der nie das Gefühl hatte, seine Kultur von der Position des Schwächeren aus zu verteidigen, der sich angesichts der Kultur des anderen nie fremd fühlte, sondern mit ihr zusammenlebte, als wäre es seine eigene."

So charakterisiert Edward Said, Literaturprofessor in den Vereinigten Staaten und auch palästinensischer Herkunft, in einem Nachruf seinen Landsmann Dschabra Ibrahim Dschabra. Als Mann vielfacher künstlerischer Begabungen, als Persönlichkeit mit einem offenen Geist.

Dschabra Ibrahim Dschabra (Ǧabrâ Ibrâhîm Ǧabrâ) wurde 1920 in Bethlehem geboren. Seine Kindheit, die er als *Der erste Brunnen** bezeichnet, war alles andere als sorglos und friedlich, auch wenn er für sich selbst nicht wenig Positives daraus zurückbehalten hat. Seine Oberschulzeit und die erste Studienetappe absolvierte er in Jerusalem, danach ging er den Weg vieler arabischer Intellektueller seiner Generation, den nach Europa, nach England, nach Cambridge. Er studierte englische Literatur, die ihn schon als Halbwüch-

* So *(al-Bi'r al-ûlâ)* lautet der Titel seiner 1987 auf arabisch erschienenen Autobiographie. Deutsche Übersetzung von Kristina Stock, erschienen 1997 im Lenos Verlag.

sigen so interessiert und fasziniert hatte, dass er, damals achtzehnjährig, Gedichte aus der englischen Romantik ins Arabische übertrug. Nach Abschluss seiner Studien in England war Dschabra Ibrahim Dschabra eine Weile in Jerusalem als Lehrer tätig, bis das Ereignis eintrat, das für seine Generation bestimmend werden sollte: die politische Erschütterung Westasiens, die Gründung des Staates Israel, die Vertreibung Hunderttausender von Palästinensern, die Zerstörung nicht nur zahlreicher palästinensischer Dörfer, sondern auch unzähliger Hoffnungen auf ein selbständiges, freies Leben.

Dieses Erlebnis hat nicht nur seinen Lebensgang, sondern auch sein Schreiben bestimmt. „Dschabra Ibrahim Dschabra", heisst es in einem zu seinem Gedenken 1995 in einer arabischen Zeitschrift veröffentlichten Dossier, „hat die palästinensische Sache auf seine Schultern geladen, hat sein Leben damit verbracht, über den Weg nachzudenken, der zurück in seine Heimat führen könnte. Alles, was er schrieb, kreist um jene Hauptachse: die Tragödien zu zeigen und zu verarbeiten, die seinem Volk widerfahren sind. Seine Figuren sind immer Kämpferfiguren, die keine Mühe scheuen auf dem Weg zurück in diese Heimat."

Möglich, dass eine solche Aussage dem literarischen und künstlerischen Anliegen Dschabra Ibrahim Dschabras nicht voll gerecht wird, da sie zu sehr in der Kämpferrhetorik stecken bleibt. Sicher ist, dass sein gesamtes Denken und Schaffen um diese heftige Erschütterung kreiste, die das Jahr 1948 in der arabischen Welt auslöste.

1948 verliess Dschabra Ibrahim Dschabra Palästina und siedelte sich, nach kurzem Zwischenaufenthalt in Syrien, in

Bagdad an, wo er bis zu seinem Tod am 12. Dezember 1994 lebte und als Dozent wirkte. Zwischendurch verbrachte er mehrfach einige Zeit im Westen, mal in Oxford, mal in Harvard.

Dschabra Ibrahim Dschabra war ein Mensch vielfältiger Begabungen. Nicht nur innerhalb des Literarischen betätigte er sich, sondern er machte sich auch als Maler einen Namen und gründete in Bagdad gleich nach seiner Ankunft eine Vereinigung zur Förderung irakischer Kunst und Künstler.

Im Rahmen seines hauptsächlichen Tätigkeitsfeldes, des literarischen, sind es drei Bereiche, in denen das Wirken Dschabra Ibrahim Dschabras weitreichende und nachhaltige Wirkung haben sollte.

Als Romancier hat Dschabra Ibrahim Dschabra ein zwar nicht immenses, aber doch sowohl in inhaltlicher als auch in formaler Hinsicht bemerkenswertes Werk hinterlassen. Alle seine Romane sind thematisch auf das Palästinaproblem und auf das Leiden des Intellektuellen in einer ihm gegenüber verständnislosen Welt ausgerichtet. Beide Themen können selbstverständlich ineinandergreifen, dies schon aufgrund der biographischen Voraussetzungen des Autors; sie können aber sowohl symbolisch als auch realistisch behandelt werden. Charakteristisch für diese Werke ist eine ausgeprägte Intellektualität, die sich in langen Dialogen philosophischen, weltanschaulichen und ästhetischen Inhalts zeigt.

Das gilt ganz besonders für Dschabra Ibrahim Dschabras dritten Roman, *as-Safîna* (Das Schiff, 1970), in dem eine recht bunte, aber nicht ganz zufällig zusammengewürfelte

Gesellschaft auf einem Mittelmeerdampfer nicht nur ein interessantes Bild ihrer Beziehungen untereinander und damit der Verhältnisse in der arabischen Welt gibt; es werden auch lange Gespräche über Literatur und Religion, über die menschliche Seele und islamische Mystik, über Architektur und Musik geführt. Dschabra Ibrahim Dschabra wird oft einer der arabischen Schriftsteller mit der umfassendsten Bildung genannt.

Eine Gruppe unterschiedlicher Personen aus der arabischen Welt führt auch Dschabra Ibrahim Dschabras vierter Roman, *al-Baḥṯ ʿan Walîd Masʿûd* (Die Suche nach Walîd Masûd, 1978), zusammen. Sie alle lauschen dem Tonband, das im Wagen des verschwundenen Palästinensers Walîd Masûd gefunden wurde, und erzählen ihre jeweilige Geschichte mit dem Vermissten.

In beiden Fällen werden die Geschichten aus der Perspektive unterschiedlicher Personen erzählt. Der auktoriale Erzähler ist längst verschwunden, die Wahrheit ist vielfältig oder gar nicht mehr wirklich fassbar, sondern besteht nur noch aus Blickwinkeln.

Noch einen Schritt weiter ins Experiment geht Dschabra Ibrahim Dschabra mit dem 1982 erschienenen Roman *ʿÂlam bilâ ḫarâʾiṭ* (Eine Welt ohne [Land]Karten), den er gemeinsam mit Abdalrachman Munif verfasste und in dem es auch um die Aufklärung mehrerer angsterregender Vorfälle geht, die sich alle in einer zwar imaginären, aber doch sehr real heutigen arabischen Stadt abspielen, deren Veränderungen sich dem Festhalten auf einer Karte entziehen.

Neben seiner Tätigkeit als Romanschriftsteller arbeitete Dschabra Ibrahim Dschabra auch als Übersetzer. „Alles, was ich übersetze, übersetze ich nur, wenn ich spüre, dass es für mich wie eine zweite Lunge ist, die mir zu atmen hilft", soll er einmal gesagt haben. Zahlreiche bedeutende englische Werke hat er auf arabisch zugänglich gemacht und so ihren Einfluss auf solche Schriftsteller ermöglicht, die des Englischen nicht mächtig sind. Werke von Samuel Beckett und Dylan Thomas sind hier ebenso zu nennen wie Stücke von William Shakespeare, von dem er *Hamlet, König Lear, Othello, Der Sturm* und *Macbeth* übertrug. Besonders wichtig aber dürfte, zumal für die Entwicklung zur Perspektivenpluralität, die Übersetzung von William Faulkners *The Sound and the Fury* gewesen sein.

Schliesslich hat Dschabra Ibrahim Dschabra eine wichtige Rolle in der Literaturkritik gespielt, ein Bereich, in dem er nicht nur eigene Werke vorgelegt, sondern auch Übersetzungen aus dem Englischen ins Arabische angefertigt hat. Ein berühmtes, zuerst 1971 erschienenes, mehrfach nachgedrucktes Beispiel Dschabrascher Betrachtung der Entwicklung der arabischen Literatur ist ein Aufsatz über „Modern Arabic Literature and the West". Darin zeigt er den Prozess der Beeinflussung arabischer durch westliche Literatur, besonders nach dem Zweiten Weltkrieg, auf, und man darf guten Gewissens annehmen, dass er sich als Teil dieses Prozesses sah, mitten in diesem „Krieg der Wörter", diesem Alt gegen Neu, das er in Beirut, in Kairo oder in Bagdad verfolgte. Er zeichnet hier, in sehr optimistischem Ton, eine dynamische Entwicklung der zeitgenössischen arabischen Literatur im Austausch mit dem Westen und erwähnt als Beispiele für Autoren, die in jenen fünfziger und sechziger Jahren rezipiert wurden, Jean-Paul Sartre, Albert

Camus, James Joyce, Marcel Proust, Franz Kafka, Aldous Huxley, Lawrence Durrell, John Steinbeck, William Faulkner u.a.

Und er nennt als besonders bemerkenswerte arabische Romane, die diese Einflüsse verdeutlichen: *Männer in der Sonne* von Ghassan Kanafani*, *Zeit der Nordwanderung* von Tajjib Salich** und *Das Hausboot am Nil* von Nagib Machfus***. Diese Werke seien moderne arabische Literatur und gleichzeitig Teil internationalen literarischen Schaffens.

Hier sah er auch sein eigenes Werk. Und mit *Das vierzigste Zimmer* hat er sich sogar nochmals ein Stück vorgewagt. Denn in diesem wird nicht, wie in den drei genannten Romanen, das Menschenlos an einem bekannten Ort zu einer identifizierbaren Zeit gezeigt. Hier gibt es zwar ein Gebäude mit Wänden und Fenstern, Treppen und Türen, das jedoch in Weiterentwicklung des Märchenmotivs vom verbotenen Zimmer desto verschwommenere Konturen annimmt, je mehr man sich ihm nähert, je tiefer man in es eindringt; ein Gebäude, eine Welt, in der sich der Einzelne immer mehr verliert, sich immer mehr in unterschiedliche Personen aufteilt, sich immer mehr den Erwartungen

* Erschienen 1963; deutsch Ghassan Kanafani, *Männer in der Sonne/Was euch bleibt.* Zwei palästinensische Kurzromane (Aus dem Arabischen von Hartmut Fähndrich und Veronika Theis; Basel, Lenos, 1985).

** Erschienen 1969; deutsch Tajjib Salich, *Zeit der Nordwanderung.* Roman aus dem Sudan (Aus dem Arabischen von Regina Karachouli; Basel, Lenos, 1998).

*** Erschienen 1966; deutsch Nagib Mahfuz, *Das Hausboot am Nil.* Roman (Aus dem Arabischen von Nagi Naguib; Berlin, Edition Orient, 1982).

anderer anpasst, sein Leben immer mehr als ein Theater begreift.

„Wir können hier nichts Abschliessendes über diesen erstaunlichen Roman sagen, der viele Möglichkeiten der Interpretation zulässt, gleichzeitig aber nur eine Deutung“, heisst es in einer Studie über *Das vierzigste Zimmer:* „die Aufrichtigkeit des Autors, mit der er den Schmerz des Einzelnen ausdrückt ...“

Hartmut Fähndrich

PS. Zur Erleichterung der Aussprache arabischer Namen wurden in der Übersetzung betonte lange Silben mit einem Zirkumflex (^) versehen.